BASTEI
LÜBBE

Aus der Taschenbuchserie JOHN SINCLAIR von Jason Dark sind nachstehende Romane erhältlich. Fragen Sie im Buch- oder Zeitschriftenhandel nach diesen Titeln:

---

73 083 Das Blut der Medusa
73 084 Ein Hauch von Moder
73 085 Lady Ghoul
73 086 Der Zauberer von Stonehenge
73 087 Horror-Helikopter
73 088 Mein Flirt mit der Blutfrau
73 089 Das Voodoo-Syndikat
73 090 Der Angstmacher
73 091 Der rollende Galgen
73 092 Blutmond der Templer
73 093 Dekan Diavolo
73 094 Die Psychonauten
73 095 Kuscheltier-Grauen
73 096 Das Grab der Königin
73 097 Das Horror-Restaurant
73 098 Tödlicher Puppenzauber
73 099 Hüte dich vor Dracula
73 100 Luzifer
73 101 Die Schwert-Legende
73 102 Killer-Camping
73 103 Die Brut hinter der Mauer
73 104 Geheimauftrag Phantom
73 105 Zaduks Schädel
73 106 Babylon in Hongkong
73 107 Kassandras Fluch
73 108 Die Toten vom Klan
73 109 Teufels-Friedhof
73 110 Dracula II
73 111 Der Tod aus dem Norden
73 112 Das 5-Minuten-Grauen
73 113 Geboren in Atlantis
73 114 Yakuza-Rache
73 115 Die Maske
73 116 Jericho
73 117 Das Bluthaus
73 118 Knochenmond
73 119 Siras Totenzauber
73 120 Der Zombie-Pharao
73 121 Ninja-Rache
73 122 Der Entertainer
73 123 Die Braut des Spuks
73 124 Atlantis in London
73 125 Das Fest der Köpfe
73 126 Draculas Eisleichen
73 127 Der Azteken-Götze
73 128 Die Grabstein-Clique
73 129 Hütet Euch vor Harry
73 130 Die Voodoo-Witwe
73 131 Grauen im Grand Hotel
73 132 Miss Monster
73 133 Die Hexenmeister
73 134 Flucht nach Avalon
73 135 Gassen der Nacht
73 136 Der Gerechte
73 137 Karas Reich
73 138 Alptraum-Sommer
73 139 Das Horror-Telefon
73 140 Die Gespenster-Gruft
73 141 Der Blut-Pirat
73 142 Das Stonehenge-Monstrum
73 143 Friedhof New York
73 144 Das unheimliche Medium
73 145 Der Schlitzer
73 146 Die Leichenuhr
73 147 Der kopflose Rächer
73 148 Die Totenfalle
73 149 Undines Rache
73 150 Höllenzeit
73 151 Cigams Sündenfall
73 152 Avalons böse Schwestern
73 153 Vampirwelt
73 154 Leichentanz
73 155 Die Weiße Macht
73 156 Töte, Bajazzo
73 157 Der Dämonen-Gnom
73 158 Bis daß euch der Phäler holt
73 159 Der Knochen-Mönch
73 160 Deborahs Totenacker

GEISTERJÄGER

JOHN SINCLAIR

Jason Dark

Alraunes Todeskuss

Horror-Roman

BASTEI LÜBBE

BASTEI-LÜBBE-TASCHENBUCH
Band 73 161

Erste Auflage:
September 1994

Titelbild: Tim White
Umschlaggestaltung:
Quadro Grafik, Bensberg
Satz: Fotosatz Steckstor, Bensberg
Druck und Verarbeitung:
Clausen & Bosse, Leck
Printed in Germany

ISBN 3-404-73161-1

Man konnte Elliot Quinn um alles beneiden, nur nicht um seinen Job. Aber einer mußte ja auf die frischen Leichen achtgeben, wenn sie aus den Sterbezimmern in den kalten Kellerraum zur Aufbewahrung geschoben wurden. Einer mußte sie registrieren, die Zahlen auf die kleinen Schilder malen und sie den Toten anhängen.

Das tat Elliot Quinn, und er ging dieser Arbeit schon seit über zwanzig Jahren nach. Er war ein Typ, der mit den Leichen auf du und du stand. Hin und wieder hatte er den Toten sogar eigene Namen gegeben, die fielen ihm spontan ein, wenn er dem Aussehen nach ging. Später war er dann enttäuscht, wenn seine Namen mit den richtigen nicht übereinstimmten.

Quinn war verheiratet. Seine Frau putzte im Krankenhaus, und von seinem Job wollte sie nichts wissen. Ab und zu, wenn Elliot sauer war, ärgerte er seine bessere Hälfte, indem er von seiner Arbeit berichtete. Dann hielt sich seine Frau stets die Ohren zu. Hinzu kam, daß Quinn immer etwas übertrieb.

Für diesen Job waren mehrere Kollegen vorgesehen, sie wechselten sich in zwei Schichten ab. Der eine fing am Morgen an, der zweite am Nachmittag.

Elliot hatte seine Arbeit mal beschrieben. Er fühlte sich als der Wächter im Reich der Toten. Er gab auf die Leichen acht, er hütete sie und sorgte dafür, daß kein Fremder an sie herankam. Sie waren seine Kinder, mit denen er alles machen konnte.

In der Woche vor seinem Geburtstag hatte er Spätschicht. Er freute sich immer auf den Festtag, denn zwei seiner alten Kumpel aus Schulzeiten besuchten ihn dann, und es wurde richtig gebechert. Sein Geburtstag gehörte zu den Höhepunkten des Jahres, und er wußte auch, daß sich sein Weib wieder aufregen würde, aber das war ihm egal. Hauptsache, seine Kumpel kamen.

An diesem Abend, als er seine Leichen bewachte, dachte er natürlich an den großen Tag. Er hockte in seinem kleinen Büro, hatte den Fernseher eingeschaltet, den Ton aber abgedreht, weil der ihn zu sehr bei seinen Gedanken gestört hätte. Die drehten sich um viele Dinge, denn er wollte seinen Kumpeln etwas bieten. Schließlich wurde man nur einmal sechzig.

Quinn, dessen Gesichtsfarbe sich der seiner Toten irgendwie angepaßt hatte, verzog die Lippen, als ihm etwas einfiel. Ja, das war ein Hammer, das war sogar super! Sie würden den großen Tag nicht bei ihm im Haus feiern, sondern rausgehen und richtig auf den Busch klopfen. Sie wollten die Puppen tanzen lassen.

Die kleinen Augen strahlten, als er daran dachte. Es gab da eine Bar in Chelsea, von der andere berichtet hatten. Sie lag ziemlich versteckt, war gar nicht so offiziell. In einem alten Haus aus der viktorianischen Zeit war sie untergebracht worden, und man konnte sie nur durch einen Hintereingang betreten.

Das war genau richtig.

Und er wußte auch, daß dort die Post abgehen würde. Die Mädels waren heißer als heiß, sie zogen eine Nummer ab, bei der man nicht nur feuchte Augen bekam, und die halfen selbst älteren Männern wieder auf das Fahrrad.

Den Namen der Bar wußte Elliot nicht, aber ein Kumpel von ihm kannte sie. Der war schon einmal dagewesen und würde mit seinem Tip bestimmt nicht hinter dem Berg halten.

Seiner Frau würde er erzählen, daß sie in einen Pub gingen. Ja, so mußte und würde es laufen.

Er reckte sich, streckte die Beine vor und spürte die alten Knochen nicht mehr. Schon der Gedanke an die Bar machte ihn wieder munter, und er schielte durch die kleine Scheibe in den kahlen Flur hinein, durch den die Leichen gefahren wurden. »Tut mir leid«, sagte er, »aber ihr bekommt das nicht mehr zu sehen.« Er grinste wieder und rieb seine Hände, was raschelnde Geräusche hinterließ.

Dann schaute er sich im Licht der Schreibtischleuchte die Liste an. Er ging die Namen der Toten durch, die in der Leichenkammer lagen. Bei dem letzten stolperte er und runzelte die Stirn.

Der Knabe hieß Pietro Anzaro. Er war vor drei Stunden eingeliefert worden und überraschend gestorben. Sein Herz hatte plötzlich ausgesetzt. Trotz intensiver Wiederbelebungsversuche war es den Ärzten nicht gelungen, den Mann wieder ins Leben zurückzuholen. Dabei war er erst dreißig Jahre alt, viel zu früh, um dem Knochenmann die Hand zu schütteln.

Quinn hob die Schultern. So war das Leben. Den einen traf es zu früh, den anderen später, und die größten Schweinehunde lebten am längsten, das wußte er auch inzwischen.

Schlimm war es für ihn, wenn Kinder starben. Dann wurde selbst er weich und hätte manchmal heulen können, wenn er an das Leid der Eltern dachte. Zwar war er kein Vater, aber er konnte sich doch in die Menschen hineinversetzen. Wenn die kleinen bleichen Gestalten in die Kühlkammer geschoben wurden, lief ihm jedesmal eine Gänsehaut über den Rücken, und er mußte immer hart an sich halten, um nicht durchzudrehen.

Quinn stand auf.

Noch eine Stunde bis zum Feierabend. Bevor es soweit war, wollte er noch seine kleine Runde machen. Das heißt, er ging in die Totenkammer und schaute dort nach dem Rechten, wobei eigentlich nichts passieren oder sich verändern konnte, denn die Toten waren und blieben tot. Einen Scheintoten hatte man ihm im Laufe der Jahre noch nicht untergeschoben, das stand fest.

Er schaltete den Apparat aus, bevor er sich erhob und seine müden Beine streckte.

Er zerrte die Schiebetür seines Büros auf und schaute in den Flur, während er sich dabei am Kopf kratzte.

Es herrschte – wie immer – Totenstille.

Sobald man diesen Bereich des Krankenhauses betrat, wurde alles anders. Hier gab es keine Besucher, hier wurde kein Fremder hingeführt, so etwas verschwieg man am besten, das wollte auch niemand sehen. Dafür hatte Quinn Verständnis.

Er betrat den Flur. An der linken Seite führte er bis zum Aufzug hin. An der rechten endete er genau vor der Stahltür, hinter der dann die Toten lagen.

Quinn hatte sich daran gewöhnt, den kalten Raum zu betreten. Das war bei ihm ungefähr so, als würde er in ein ihm bekanntes Wohnzimmer hineingehen, um dort irgendwelche Menschen zu begrüßen. Bevor er sich auf den Weg machte, griff er in die rechte Tasche seines grauen Kittels. Dort steckte immer eine kleine Flasche mit Whisky. Er holte sie hervor, nahm einen Schluck und steckte sie wieder weg. Erst dann ging er auf die Tür zu und entriegelte sie. Der große Sperriegel stand schräg, und er mußte schon einiges an Kraft aufwenden, um ihn nach unten zu zerren.

Dann zerrte er die schwere Tür auf, und er hörte wieder das »Schwapp«, als die Luft entwich.

Er blieb stehen.

Die Kälte floß ihm entgegen. Es war hier unten eine andere Kälte als draußen im Winter. Sie war für ihn nicht normal, denn sie schien gefüllt zu sein mit einer schmierigen Flüssigkeit oder mit dunklen Nebelschlieren, die ihm entgegenwehten. Eine derartige Kälte konnte man greifen wie dünne Stoffbahnen.

Der Eindruck war in all den Jahren geblieben, und daran würde sich auch nichts mehr ändern.

An der rechten Seite lag der Lichtschalter. Er war ziemlich breit, und Quinn fand ihn mit zielsicherem Griff. Die Tür hinter ihm fiel mit einer trägen Bewegung wieder bis an den Rand heran, ohne jedoch richtig zu schließen.

An der Decke zuckte es, als läge dort jemand, der mit einem Blitzlicht fotografierte. Die Helligkeit war nicht strahlend, aber kalt, und sie zeichnete jede Kontur sehr blaß nach. Auch die Tische, auf denen die Toten lagen.

Vier waren es diesmal.

Sie lagen nebeneinander, mit hellen Tüchern bedeckt, die nicht mal bis zu den Gesichtern reichten. Ebenso frei lagen die Füße. An ihnen hingen auch die kleinen Kärtchen mit den aufgemalten Namen.

Elliot ging sie ab. Er schaute auf die Karten, dann auf die Füße. Im Laufe der langen Jahren war er zu einem Fachmann geworden, was die Füße der Toten anging. Er konnte genau sagen, wie der Mensch früher gelebt hatte, ob er viel oder wenig gelaufen war und ob er stark geraucht hatte oder nicht.

Es hatte auch Zeiten gegeben, da war ihm beim Betreten dieser kleinen Totenhalle nicht so wohl gewesen. Da hatte Quinn immer pfeifen müssen, um seine eigene Verlegenheit zu überbrücken. Das war schon lange vorbei. Er versah seinen Job mit Routine.

Zwei Frauen und zwei Männer waren hier unten aufgebahrt worden. Ein Blick in das Gesicht der ersten Frau sagte ihm, daß diese die Siebzig schon erreicht hatte, und Quinn kriegte eine leichte Gänsehaut, wenn er daran dachte, wie schnell zehn Jahre um waren, dann wurde er auch siebzig. Er strich über das Haar in seinem Nacken, atmete schnaufend durch und ging weiter auf den nächsten Toten zu, dessen Gesicht ebenso kahl war wie die Wand des Totenhauses.

Wieder eine Frau. Diesmal jünger. Opfer eines Verkehrsunfalls, das wußte er aus den Unterlagen. Die Spuren waren noch nicht verwischt worden. Er mußte zugeben, daß dies kein Anblick für schwache Nerven war, denn die Frau hatte es am Kopf erwischt. Zudem war ihr Brustkorb gequetscht worden.

Selbst Quinn schauderte, bevor er sich dem nächsten Toten zuwandte, einem glatzköpfigen Mann, der Ähnlichkeit mit dem vor kurzem verstorbenen ›Kojak‹ Telly Savalas hatte. Der Mann lag ebenfalls auf dem Rücken, die Augen geschlossen, und unter dem dünnen Laken zeichneten sich seine gefalteten Hände ab.

Aber so war das Leben. Wie eine Achterbahn. Auf der einen Seite Freude, auf der anderen Trauer und Schmerz.

Blieb der vierte Tote.

Er lag auf einem der Kunststofftische, und Quinn trat seitlich an ihn heran. Den Grund konnte er selbst nicht nennen. Es mochte an dem Namen Pietro Anzaro liegen, der ihm aufgefallen war. Der Mann stammte wahrscheinlich aus Spanien oder aus einem südamerikanischen Staat. Er hatte dichtes, schwarzes Haar, in dem kein einziger grauer Faden schimmerte.

Das Gesicht des Toten wirkte sehr männlich. Es war hart geschnitten, und auf den Wangen schimmerten noch die Schatten eines Bartes. Ein blasser Mund mit schmalen Lippen, darüber ein dünner Bart, die kräftige Nase und die Augen.

Augen?

Warum standen sie so weit offen? Nicht allein sie, auch der Mund dieser Leiche war nicht geschlossen, und Quinn saugte die Luft tief ein, bevor er sich räusperte.

Er wollte nicht eben behaupten, daß er sich fürchtete. Ein seltsames Gefühl hatte ihn schon überkommen, denn so sahen die Leichen normalerweise nicht aus. Da kannte er sich wirklich aus. Tote hatten Mund und Augen geschlossen. Anzaro hatte Augen und Mund offen.

Was war der Grund?

Nachdenklich blieb Quinn neben dem Toten stehen. Er hatte seine Stirn in Falten gelegt und puhlte mit dem linken kleinen Finger an seinem Ohr. Er versuchte mit aller Macht sich daran zu erinnern, ob der Tote bei der Einlieferung auch so ausgesehen hatte. Klar, das mußte ja so gewesen sein. Der Mann war schließlich tot und hatte nicht noch später Augen und Mund aufgerissen.

Auf der anderen Seite brachte man keine Leichen herein, die so aussahen. Da schien irgend etwas nicht zu stimmen, aber er wußte nicht, was es war. Jedenfalls störte ihn der Ausdruck.

Sekunden später schalt er sich einen Narren. Was ging ihn der Tote an? Überhaupt nichts, gar nichts. Er sollte dort in Ruhe liegen, fertig.

Elliot Quinn drehte sich wieder um. Seine Inspektion war beendet. Zudem brauchte er so etwas überhaupt nicht zu tun, es gehörte nicht zu seinen Aufgaben. Er konnte in seinem kleinen Büro hockenbleiben und auf den Feierabend warten.

Als ihm der Gedanke kam, schaute er auf die Uhr. In einer knappen halben Stunde konnte er seine Sachen packen. Schon jetzt nahm Quinn sich vor, noch einen Schluck auf diesen Schreck zu trinken. Allerdings nicht hier, sondern in einem Pub, nicht weit von seiner Wohnung entfernt. Mochte die Frau auch keifen, es war ihm egal.

Quinn wandte sich ab. Er wollte auf die Tür zugehen und war auch schon auf halbem Weg, als er das Geräusch hörte.

Der Mann zuckte zusammen, als hätte ihm jemand ein Messer in das Schulterblatt gerammt.

Pfeifend entwich die Luft aus seinem Mund. Dieses Geräusch hätte ihn überhaupt nicht beunruhigt, wäre es nicht – ja wäre es nicht aus der Leichenkammer hier gedrungen . . .

Er rührte sich nicht.

Hinter seiner Stirn bewegten sich die Gedanken. Der Mann versuchte, rational zu denken und diese Laute in einen Konsens zu bringen. Das gelang ihm nicht.

Es war einfach zu irrational, daß er in dieser Leichenkammer ein Geräusch hörte.

Oder hatte er sich geirrt?

Quinn blieb stehen, ohne sich umzudrehen, denn der Laut war hinter ihm aufgeklungen. Und dort hielt sich niemand auf, abgesehen von den vier Toten.

Die waren tot, es waren Leichen, sie konnten keine Geräusche mehr von sich geben. Dazu waren sie einfach schon zu lange tot. Wären sie gerade erst gestorben, okay, aber so . . .

Er schaute auf seine Hände und ärgerte sich darüber, daß sie zitterten. Vor Wut und Frust ballte er sie zu Fäusten, während er hinter seinen Augen einen Druck spürte. Dann kam ihm plötzlich der Magen hoch, als sich der Laut wiederholte.

Diesmal hatte er ihn so deutlich gehört, daß er ihn sogar hatte identifizieren können.

Das Geräusch war ein Würgen gewesen. Ein widerlich klingendes Würgen, als wäre jemand dabei, etwas zuerst durch den Hals und dann durch den Mund zu pressen.

Konnten sich Leichen übergeben?

Quinn erschrak über seine eigenen Gedanken. Die Luft atmete er durch die Nase ein. Er glotzte die Tür an, die nicht weit von ihm entfernt lag. Meine Güte, das waren nur wenige Schritte, dann hatte er sie erreicht und konnte verschwinden.

Er tat es nicht. Fragte sich selbst auch nicht nach den Gründen und drehte sich, wie von einer unsichtbaren Hand geführt, auf der Stelle um. Was hinter ihm gelegen hatte, das lag nun vor ihm.

Vier Tische mit Leichen.

Drei Leichen lagen still.

Ein Mann aber – Pietro Anzaro – bewegte sich. Sein Körper zuckte, als wollte er jeden Moment aufstehen, und den Zuschauer erfaßte eisiges Grauen.

So etwas hatte er noch nicht erlebt. Für ihn war dies der Anfang des Jüngsten Gerichts . . .

An diesem Abend, als ein gewisser Elliot Quinn die Welt nicht mehr verstand, hatte ich mich landfein gemacht, um eine Bar zu besuchen. Keine Striptease-Bude im eigentlichen Sinne, sondern ein spanisches Lokal, das den etwas anrüchigen Namen *Bar* gar nicht verdiente, denn man konnte dort essen und anschließend einem gut gemachten Programm zuschauen, das natürlich folkloristisch war.

Vor der Bar hatte ich im Schaukasten das Bild einer rassigen Tänzerin gesehen. Sie hieß Maria Anzaro und war der Star des Programms. Sie brachte einen Hauch Andalusien in dieses Lokal hinein, denn mit ihren Vorführungen begeisterte sie alle. Der Reklame nach zu urteilen, war sie perfekt, und das hatten die geschrieben, die es wissen mußten, denn neben Marias Foto hingen einige Zeitungsausschnitte ihrer wohlwollenden Kritiker.

Ich war nicht allein gekommen. Suko hatte die Chance genutzt und war mitgegangen.

Vor dem Eingang fragte er mich noch einmal. »Und

du weißt wirklich nicht, was diese Tänzerin ausgerechnet von dir will?«

»Wenn ich es dir sage.«

Mein Freund grinste. »Vielleicht hat sie dich mal gesehen und in Erinnerung behalten.«

»Quatsch.«

»Ja, John, du bist ihr aufgefallen, und jetzt möchte sie mit dir einen Flamenco tanzen.«

»Da hat sie sich den Richtigen ausgesucht.«

Suko ließ nicht locker. »Warst du nicht mal Eintänzer in einer Fischbratküche?«

»Nicht nur das. Ich war sogar der Fisch.«

»Aha, wie köstlich.«

Ein Portier in der Uniform eines Matadors öffnete uns und verbeugte sich. Spanische Musik klang uns entgegen. Wir hörten das harte Hämmern der Gitarrensaiten und das Klacken der Kastagnetten.

»Maria tanzt bereits«, sagte der Portier.

»Lange schon?«

»Nein.«

»Dann kriegen wir noch etwas mit.«

»Und ob, Señor.«

Der Vorraum war klein, die Garderobe eng, die von einer weißhaarigen Frau besetzt war. Wir nahmen sie nicht in Anspruch, und so konnte sie weiter in ihrem Magazin lesen.

Durch eine Schwingtür betraten wir das eigentliche Lokal. Es war ein nicht zu großer Raum mit hellen Wänden, der wohl an eine Edelbodega erinnern sollte. Die Tische verteilten sich um eine Tanzfläche, die in diesen Minuten der absolute Mittelpunkt des Lokals war, denn auf ihr tanzte Maria.

Und wie sie das tat.

Wir waren von Beginn an fasziniert. Nicht nur von ihrem langen Kleid, dessen Rock sich aus mehreren, mit Spitzen bedeckten Stoffbahnen zusammensetzte, sondern auch von dem eng anliegenden Oberteil, das einen sehr breiten und interessanten Ausschnitt hatte.

Das Haar hatte die Tänzerin glatt und streng zurückgekämmt und es am Hinterkopf zu einem Knoten verschlungen. Ihr Gesicht konnten wir nicht genau sehen, dazu bewegte sie sich zu schnell. In ihren Stiefeletten wirbelte sie über die Tanzfläche. Sie drehte sich mal mit ausgestreckten Armen, mal mit angezogenen, und ihre Hände zuckten dabei, schlugen die Kastagnetten im Rhythmus des Liedes, denn gerade dieser Klang war der ideale Begleiter für die Gitarrenmusik.

Nicht weit von der Tanzfläche entfernt stand der junge Mann, umhüllt von einem dunkelroten, eng anliegenden Kostüm und einem schwarzen Sombrero auf dem Kopf.

Er spielte nicht nur, er sang auch mit einer harten, etwas rauchig klingenden Stimme, als wollte er die Kargheit und Hitze der Sierra nach London transportieren.

Ein furioses Finale begann, in dem Maria Anzaro noch einmal alles zeigte, was sie konnte.

Die Gäste saßen wie erstarrt, aber auch wie auf dem Sprung, denn sie warteten nur darauf, Maria endlich mit dem gerechten Beifall beschenken zu können.

Noch war sie nicht fertig.

Sie dehnte das Finale aus, sie machte es zu einem tänzerischen Kunstwerk, sie war eine Königin im Reich des Flamenco, sie war einfach phantastisch.

Und die Gäste klatschten mit, angeheizt durch die Stimme und die Bewegungen des Musikers. Sie feuerten Maria noch einmal an, deren Körper sich zu verwandeln und aufzulösen schien, so schnell drehte sie sich auf der Tanzfläche.

Der Mensch wurde zu einem furiosen Wirbel, noch

einmal schlug der Musiker die Akkorde hart an. Er war dabei leicht in die Knie gesackt, er schrie auf, und sein Instrument verstummte, als er die flache Hand auf die Saiten legte.

Schluß – aus – vorbei!

Stille. Das tiefe Luftholen. Ein Moment, der ziemlich lange andauerte, bis dann der Beifall aufbrandete. Es blieb nicht dabei, denn die Zuschauer tobten und pfiffen, sie trampelten, sie schrien ihre Begeisterung hinaus, an der auch wir uns beteiligten, sie waren aus dem Häuschen, und ich schaute auf die Tanzfläche, wo eine schwer atmende Maria Anzaro stand, den Kopf in den Nacken gelegt, die Arme ausgebreitet, als wollte sie all die Gäste damit umfangen.

Sie war erstarrt.

Noch einmal schien sie den Tanz auf eine andere Art und Weise zu erleben. Ihr Mund stand offen, sie schnappte nach Luft, dann aber war diese Phase der Ruhe vorbei, und ihr Oberkörper vollführte eine elegante Verbeugung.

Die Spotlights für die Tanzfläche waren erloschen. Mittlerweile brannten wieder die normalen Lichter, eine etwas gedämpfte Beleuchtung, aber nicht so schummrig, als daß der Gast sein Geld nicht mehr hätte erkennen können.

»Suchen wir uns einen Platz?« fragte Suko.

»Moment noch.« Ich schaute auf die Tanzfläche, wo sich Maria drehte und in die verschiedenen Richtungen blickte, auch dorthin, wo Suko und ich standen.

Sah sie mich? Hatte sie mich erkannt? Für einen Moment glaubte ich, ein Blitzen in ihren Augen zu sehen, der breite, rot geschminkte Mund zeigte ein Lächeln, dann wandte sie sich ab, und ich hatte den Eindruck, als hätte sie mir in der Bewegung noch einmal zugenickt.

Suko hatte bereits einen freien Tisch gefunden. Zwei kleine Sessel standen vor der runden Platte, auf der eine gehäkelte Decke lag. Die rote Kerze stand in einem Ständer aus Stein, und der frische Docht wurde von einem Kellner angezündet, kaum daß wir unsere Plätze eingenommen hatten.

Er legte uns die Karten hin. Essen wollten wir nichts, gegen einen Schluck hatte ich jedoch nichts einzuwenden. Lange brauchte ich nicht zu suchen, denn schon auf der ersten Seite der Karte wurde auf das Spezialgetränk des Hauses hingewiesen.

Sangria nach Art der Katalanen.

Ich bestellte ihn. Suko trank nur Wasser, denn er mußte noch fahren.

Ich gab die Bestellung auf, und der Kellner freute sich über meine Bestellung.

»Unser Sangria ist wirklich etwas Besonderes. Er ist einmalig hier in London. Ich soll Ihnen noch ausrichten, daß Maria bald hier erscheinen wird. Sie will sich nur etwas erfrischen und umziehen.«

»Danke, wir warten.«

Inzwischen kam die Musik vom Band oder von der CD, und wir konnten uns umschauen.

Dieses Lokal war wirklich eine spanische Enklave. Ich hatte den Eindruck, daß Suko und ich die einzigen Fremden waren, die hier saßen. Jedenfalls fielen wir durch unser Aussehen auf. Die anderen Gäste waren doch mehr Südländer.

Es gab keine offene Anmache in diesem Lokal. Zwar sah ich eine Handvoll junger Mädchen, die aber saßen wohl mit Bekannten zusammen und hatten ihren Spaß.

Wir bekamen unsere Getränke. Ein Glas Champagner stellte der Kellner ebenfalls ab mit der Bemerkung, daß es für Maria wäre. Sie liebte dieses Getränk ebenso innig wie den spanischen Rotwein.

Wir bedankten uns und warteten auf Maria. Ich hatte noch Zeit, den Sangria zu probieren. Er schmeckte vorzüglich.

»Und?« fragte Suko.

»Super.«

»Mein Wasser auch.«

Ich grinste nur schief und erkannte an Sukos Mimik, daß sich jemand unserem Tisch näherte. Suko erhob sich, ich stand ebenfalls auf und drehte mich um.

Maria Anzaro trat uns entgegen, verfolgt von den Blicken zahlreicher Gäste, von denen einige sogar noch jetzt klatschten, so begeistert waren sie von der Darbietung gewesen.

Sie hatte sich umgezogen, trug nun eine schlichte weiße, weit fallende Bluse mit ovalem Ausschnitt, einen Glockenrock aus dunklem Stoff und blitzende Ringe an ihren Ohren. Ringe blitzten auch an der Hand, die sie uns reichte und dazu erfrischend lächelte.

Ein Hauch ihres herben Parfüms streifte uns. Zum erstenmal sahen wir ihr Gesicht aus unmittelbarer Nähe. Ihre Haut war sehr zart, der Mund stach davon ab wie eine volle Blüte, und die schwarzen Pupillen ihrer Augen hätten auch von einem Maler stammen können. Das kleine Kinn hatte sie vorgestreckt, überhaupt machte sie einen sehr agilen Eindruck, die Anstrengung des Tanzes war ihr jedenfalls nicht anzusehen.

Wir setzten uns. Maria griff nach dem Glas, hob es an und leerte es bis zur Hälfte. »Das mußte ich jetzt haben«, sagte sie und lächelte uns an.

»Sie waren phantastisch.«

»Halb so wild, Mr. Sinclair.«

»Sagen Sie John und Suko. Das klingt persönlicher.«

»Gern. Ich bin Maria.«

Wir tranken wieder. Das Lächeln auf ihrem Gesicht blieb so lange erhalten, bis sie ihr Glas vorsichtig absetzte, für einen Moment die Tischdecke betrachtete, um danach mit einer ruckartigen Bewegung den Kopf zu heben. Jetzt zeigten die großen, dunklen Augen eine gewisse Trauer, beinahe sogar einen Schmerz, und sie sagte mit leiser Stimme: »Es ist schade, daß es keinen fröhlicheren Anlaß für unser Zusammentreffen gibt, aber ich kann daran nichts ändern. Ich habe Sie anrufen müssen, John, denn es scheint Probleme zu geben.«

»Woher wußten Sie, an wen Sie sich zu wenden hatten?«

»Ein Bekannter hat es mir geraten. Um ihn geht es jedoch nicht.« Sie schaute auf ihre schmalen Finger mit den langen Nägeln. Der Ober huschte heran und stellte unaufgefordert ein Glas Champagner auf den Tisch. »Wie ich schon kurz am Telefon erwähnte, John, geht es um meinen Bruder Pietro.«

»Steckt er in Schwierigkeiten?«

»Wahrscheinlich.«

»In welchen?« fragte Suko.

Maria hob die Schultern. »Wenn ich das so einfach sagen könnte, wäre mir wohler.«

Ich machte ihr Mut. »Versuchen Sie es trotzdem.«

»Natürlich.« Sie trank noch einmal. Über der Nasenwurzel bildete sich eine steile Falte. Marias Blick glitt in das Lokal hinein, aber es sah nicht so aus, als würde sie alles wahrnehmen, was sich dort abspielte. »Im Gegensatz zu mir ist mein Bruder kein Künstler geworden, er hat einen völlig anderen Weg eingeschlagen. Er wurde Wissenschaftler, Botaniker, Pflanzenkundler, und er hat sich dabei einem Spezialgebiet zugewandt. Er beschäftigte sich mit den Zusammenhängen zwischen Pflanzen und deren heilenden oder nicht heilenden Kräften, wobei er sich im besonderen die Alraune vornahm.«

»Oh«, sagte ich.

Sie lächelte. »Da staunen Sie. Klickt es auch bei Ihnen, John?«

Ich hob die Schultern. »Nun ja, es gibt da gewisse Sagen und Legenden, die sich um diese Pflanze drehen. Wenn mich nicht alles täuscht, stammt der Name ursprünglich aus dem Gotischen – runa nämlich wurde dieser puppenbalgähnliche Wurzelstock genannt, der sogar im Alten Testament erwähnt wurde. Man nannte sie auch Mandragora, schrieb ihr heilende Kräfte zu, und im Mittelalter wurde sie als Wurzelmännchen oder Erdmännchen verehrt.«

Auch wenn es ihr schwerfiel, sie lächelte trotzdem. »Kompliment, John, Sie sind gut informiert.«

»Es gehört zu meinem Job.«

»Okay.«

»Ihr Bruder hat sich also mit der Alraune beschäftigt.«

»Ja.«

»Inwiefern?«

»Er wollte den Beweis, daß diese Alraune nicht einfach nur eine Pflanze ist, sondern daß mehr in ihr steckte. Geheimnisvolle, magische Kräfte, die ihr ein gewisses Leben ermöglichten, ein Leben, das seiner Ansicht nach menschenähnlich war. Und er war auf der Suche nach einer bestimmten Alraune.«

»Bestimmte?«

Sie nickte und war nervös geworden. Fahrig fuhr sie mit ihren Handflächen über den Tisch. »Mein Bruder war davon überzeugt, daß es die Alraune auch als menschliches Wesen gibt, und ich denke, daß er den Beweis dafür gefunden hat.«

Wir schwiegen. Maria schaute uns forschend an, als wollte sie herausfinden, ob wir ihr glaubten oder sie gleich auslachen würden. Das taten wir nicht.

»Wie sieht dieser Beweis denn aus?« fragte Suko.

»Das ist das Problem«, murmelte Maria. »Ich kann es nicht sagen, ich weiß es leider nicht. Als ich zum letztenmal mit meinem Bruder sprach, war er total begeistert. Er hat sogar von einer gewissen Liebe zu dieser Pflanze gesprochen, er redete von ihrem Kuß, und ich konnte mich nur an den Kopf fassen, weil das für mich unglaublich klang. Das sagte ich ihm auch, nur ließ er sich nicht beirren. Er erklärte mir, daß er das Geheimnis endlich gelüftet hätte. Die Alraune würde durch ihren Kuß die Menschen in ihren Bann ziehen und sie in einen regelrechten Rausch versetzen.«

»Das hat er also geschafft?«

»Ja.«

Ich lächelte knapp. »Es ist wunderschön, Maria, daß Sie an unserem Tisch sitzen, und wir werden bestimmt von zahlreichen Gästen deswegen beneidet, aber wäre es trotzdem nicht besser gewesen, wenn Ihr Bruder persönlich mit uns gesprochen hätte?«

»Stimmt.«

»Wollen Sie ihn herholen?« fragte Suko.

»Nein, das geht nicht.«

»Was ist der Grund?«

»Mein Bruder ist tot!«

Es dauerte eine Weile, bis wir uns von der Beklemmung gelöst hatten. Mit dieser Antwort hatten wir nicht gerechnet. Maria griff mit einer hastigen Bewegung nach dem Glas und schüttete sich ebenso hastig den Champagner in die Kehle. Wir sahen, daß sie Mühe hatte, die Tränen zu unterdrücken. Sie schluckte, holte dann ein Spitzentaschentuch hervor und tupfte die Nässe aus ihren Augenwinkeln.

»Das haben wir nicht gewußt«, sagte ich.

»Natürlich.« Sie zog die Nase hoch.

»Sind Sie okay?« fragte ich.

Maria nickte.

»Ihr Bruder ist tot. Daran möchte ich anknüpfen. Ist er auf eine natürliche Weise gestorben, oder hat man ihn – umgebracht?«

»Nein, er ist . . .« Sie schüttelte den Kopf. »Mein Gott, die Ursache kann natürlich sein, aber ich glaube nicht daran, denn Pietro ist qualvoll erstickt.«

»Bitte?«

»Er ist erstickt, John. Das hat der Arzt festgestellt. Man fand ihn als Leiche in seinem Hotelbett liegend, und die erste Untersuchung hat sich später auch bestätigt. Er ist erstickt.«

Wir schwiegen. Suko war ebenso unruhig wie ich. Er schaufelte ein Bein über das andere und fragte dann: »Können Sie sich einen Grund für diesen Tod vorstellen?«

»Ja, die Alraune.«

Es war eine Antwort, die uns nicht reichte. »Vielleicht haben Sie recht«, sagte ich, »aber ließ sich das nicht präzisieren?«

»Nein, John, leider nicht. Ich gehe davon aus, daß es die Alraune gewesen ist. Ob direkt oder indirekt, ich weiß es nicht. Aber ich möchte Sie bitten, mehr darüber herauszufinden. Ich weiß genau, daß dieser Fall nicht mit rechten Dingen zugeht. Fragen Sie mich nicht nach dem Beweis, glauben Sie meinem Gefühl, John.«

»Was natürlich schwer ist.«

»Das sehe ich ein. Nur möchte ich Sie darum bitten, sich mit dem Tod meines Bruders zu beschäftigen.«

»Wann starb er denn?« wollte Suko wissen.

»Gestern.«

Wir waren beide erstaunt. »Dann ist Ihr Bruder noch nicht begraben worden.«

Maria nickte mir zu. »So ist es. Er liegt noch in der

Leichenhalle des Krankenhauses, in das man ihn letztendlich noch gebracht hat, ohne daß es ihm geholfen hätte. Mehr kann ich Ihnen leider nicht sagen. Vielleicht sollten Sie mit dem zuständigen Arzt sprechen und sich den Toten auch einmal anschauen.«

»Das werden wir machen.«

Maria Anzaro atmete tief durch, schluckte wieder und hob die Schultern. »Sie glauben gar nicht, wie schwer es für mich ist, mich damit abzufinden. Ich komme einfach nicht mehr zurecht. Dieser Tod traf so plötzlich und unerwartet ein. Mein Bruder war erst einunddreißig. Das ist einfach nicht nachvollziehbar, und wenn ich ehrlich sein soll, will ich Ihnen sagen, daß auch ich mich nicht mehr sicher fühle.«

»Wie meinen Sie das?«

»Ich kann es Ihnen nicht erklären, Suko, aber es ist so. Ich fühle mich nicht mehr sicher. Ich stehe hier auf einem Fleck und komme mir vor wie von zahlreichen Feinden umkreist. Schatten, was weiß ich. Ich kann es nicht erklären. Und denken Sie immer an die Alraune. Mit ihr und ihrer Kraft hat sich mein Bruder beschäftigt. Zu welchen Ergebnissen er kam, ist mir leider nicht bekannt.«

Ich nickte. »Wir werden der Spur nachgehen. Auch wir haben bereits Erfahrungen mit der Alraunen-Magie gesammelt. So ungescholten und unbedarft sind wir also nicht.«

»Das weiß ich.«

Suko hatte noch eine Frage. »Wissen Sie, ob sich Ihr Bruder noch speziell mit den besonderen Eigenschaften dieser ungewöhnlichen Pflanze beschäftigt hat?«

Die Tänzerin atmete über den Tisch und brachte die Flamme der Kerze zum Tanzen. »Eine gute Frage, eine schwere Antwort. Mein Bruder hat mit mir nur selten über seine Arbeit gesprochen. Im nachhinein ist das bedauerlich, aber er hat sich umfassend darum gekümmert, wenn Sie verstehen. Er wollte eben alles wissen, was diese Pflanze betrifft, und so muß er auch ihr Umfeld erforscht haben. Man sagt ihr bestimmte Kräfte nach, auf die sich mein Bruder konzentriert hat. Aber nicht nur metaphysisch, sondern auch wissenschaftlich, denn er hat sie in seinem Labor genau untersucht. Diese Alraune enthält chemische Verbindungen, die nicht eben einen großen Beifallsrausch bei ihm zurückgelassen haben. Sie machten ihn eher nachdenklich. Er sprach mal von Alkinen, von Derivaten dieser Pflanze. Diese Verbindungen versetzen Menschen in einen Rausch hinein, was natürlich gefährlich werden kann.«

»Da gebe ich Ihnen recht.« Mein Sangria war mittlerweile warm geworden. Ich trank ihn trotzdem. »Es kann zu schlimmen Folgen bei Menschen kommen.«

»Ja, sie werden berauscht.«

»Und dann?« fragte Suko.

»Das kann ich Ihnen nicht sagen. Ich habe es noch nicht erlebt. Mein Bruder hat auch mit mir nicht sehr detailliert darüber gesprochen, aber was ich weiß, läßt darauf schließen, daß dieser Rausch durch die Alkine der Alraune ähnlich wirkt wie LSD.« Sie hob die Arme und ließ sie wieder sinken. »Mehr ist mir leider nicht bekannt.«

Ich nickte. Suko war stumm, nur Maria bewegte sich. »Wir werden natürlich voneinander hören«, sagte sie, leicht nach vorn gebeugt. »Für heute müssen Sie mich entschuldigen, denn die Gäste werden bereits ungeduldig. Ich habe noch einen zweiten Auftritt.«

Wir erhoben uns, weil auch sie aufgestanden war, und reichten uns die Hand. Die der Tänzerin zitterte, da übertrug sich eben ihre innere Angst vor dem Unerklärbaren.

»Seien auch Sie vorsichtig«, flüsterte sie uns zu. »Es

kann durchaus sein, daß mein Bruder ein Tor zu einer anderen Welt geöffnet hat, das besser geschlossen geblieben wäre.«

»Wir finden es heraus.« Sukos Antwort klang wie ein Versprechen.

Abrupt drehte sich Maria Anzaro um und verschwand. Wir schauten ihr nach und setzten uns dabei wieder.

»Eine faszinierende Person«, sagte Suko leise.

Ich widersprach ihm nicht.

»Und was hältst du von ihrer Theorie, John?«

»Keine Ahnung.«

»Hat sie dich wenigstens neugierig gemacht oder den Jagdinstinkt in dir geweckt?«

»Darauf kannst du dich verlassen. Gleich morgen früh schauen wir uns mal Marias toten Bruder an . . .«

Wenn Angst eine Form einnehmen konnte, so hatte sie das bei Elliot Quinn getan, denn sie rann wie Eiswasser durch seine Adern, und er, der starr auf dem Fleck stand, schauderte das eine oder andere Mal immer mehr zusammen. Er spürte in seinem Mund einen Geschmack, als hätte er ihn mit Leichenasche gefüllt, und er konnte seinen Blick einfach nicht von dem Toten abwenden.

War er wirklich tot?

Ja, das mußte so sein, auch wenn er sich bewegte. Allerdings nicht am gesamten Körper. Die Bewegungen blieben auf den Kopf beschränkt und dabei besonders auf die untere Hälfte, wo der Mund noch immer weit offenstand.

Irgendeine Kraft schüttelte den Kopf. Sie war dabei, aus seinen Körper zu steigen, und sie drückte auch etwas hoch.

Die Leiche würgte!

Der Zuschauer schloß sekundenlang die Augen, das Geräusch aber blieb. Ein schleimiges Kratzen und Würgen, irgendwo im Innern der Totenbrust geboren, dann in die Höhe transportiert, so daß es die Kehle und schließlich die Mundhöhle erreichte.

Quinn schaute wieder hin. Er mußte es tun, es war wie ein Zwang, und er ging sogar noch zwei Schritte näher an den Toten heran. Das Würgen blieb auch jetzt. Die Geräusche hatten sich kaum verändert, sie waren aber nicht faßbar, und Elliot konzentrierte sich noch mehr auf den Mund des Opfers.

Da zuckten die Lippen.

Von außen zupfte keiner daran, die Bewegungen wurden durch eine Kraft im Innern gelenkt. Es kam dem Mann so vor, als wäre irgendein Gegenstand dabei, sich von unten nach oben zu schieben, um endlich das Gefängnis Körper verlassen zu können.

Aber das war nicht möglich, so etwas gab es einfach nicht. Aus einem toten Körper konnte nichts mehr hervorquellen.

Auch Quinns Kehle saß jetzt zu. Er hatte ebenfalls Schwierigkeiten beim Atmen. Irgend etwas saß bei ihm fest. Ihm war schlecht geworden, dennoch trat er einen kleinen Schritt näher an die Leiche heran, um alles genau mitzukriegen.

Etwas bewegte sich im Mund . . .

Eine Zunge war es bestimmt nicht. Quinn wußte selbst nicht, wieso er darauf kam, aber es war keine Zunge, es mußte etwas Fremdes sein, das tief in seinem Körper gesessen hatte.

Es schob sich hervor.

Der Mann hielt den Atem an. Was er nun zu sehen bekam, reichte bis an die Grenzen seines Verstandes. Aus dem Mund der Leiche kroch ein Lebewesen nach draußen, ein kleiner Mensch, nicht größer als ein halber Arm. Er sah einen hellen Körper, aber er sah auch ein Gesicht, das von strähnigen, dunklen Haaren umweht wurde.

Das Gesicht einer Frau, der Körper einer Frau – nackt . . .

Quinn staunte nur, denn die Frau winkelte plötzlich ihre kleinen Arme an und schob sie dann vor. Sie brauchte eine Stütze für ihre Hände, um sich vollends befreien zu können, und sie fand diese Stütze auf der Stirn des Toten.

Es reichte ihr aus, um auch die Beine nachziehen zu können. So kletterte sie endgültig aus dem Mund des Toten, und Quinn begriff die Welt nicht mehr.

Er kam sich vor wie ein Darsteller in einem irrationalen Film, bei dem niemand die Handlung begriff. Sie war aber simpel, sie lag vor ihm, er brauchte nur genau hinzuschauen, um zu sehen, wie diese Person, diese kleine Frau, dieses zwergenhafte Wesen an der rechten Seite des starren Gesichts herabrutschte, mit beiden nackten Füßen Halt auf dem Rand des Lakens fand und dort zunächst einmal stehenblieb. Es wartete ab, es schüttelte den Kopf, die Haare flogen, und es kümmerte sich nicht um den Beobachter, der beide Arme angehoben und die Hände dicht unter seinen Mund gepreßt hatte.

Es war eine Frau, daran gab es nichts zu deuteln. Eine kleine, nackte und gut proportionierte Frau, doch ihr Körper hatte eine ungesunde Farbe. Er war bleich wie frisches Baumholz, von dem die Rinde abgeschnitten worden war. Die Haut sah auch irgendwie zäh aus, zwar glatt, aber trotzdem nicht mit der eines normalen Menschen zu vergleichen.

Die kleine Frau drehte den Kopf.

Es fiel ihr nicht schwer. Für den Mann sah es aus, als

müßte sie erst die Muskeln und Sehnen in Schwung bringen, schaffte es gut und schaute Quinn an.

Zum erstenmal sah er ihre Augen!

Er schauderte zusammen. Mochten sie auch noch so klein sein, er schaffte es einfach nicht, diesen Blicken zu entkommen. Sie bannte ihn auf der Stelle. Die Augen waren wie dunkle Linsen, die sich einen bestimmten Brennpunkt ausgesucht hatten.

Wer war diese Person? War sie ein Mensch, ein zu früh geborenes Kind mit dem Körper einer Erwachsenen? Unsinn, ein Toter konnte kein Kind bekommen.

In seinem Kopf rasten die Gedanken. Quinn fand sich überhaupt nicht mehr zurecht, die Stille dieser Totenhalle umgab ihn wie dickes Glas, das er nicht sprengen konnte.

Bisher hatte die kleine Person auf dem Rand des Tisches gestanden, als hätte sie sich ausruhen wollen.

Nicht mehr lange, denn sie knickte in den Knien ein und gab sich auf diese Art und Weise Schwung.

Mit einer hüpfenden Bewegung landete sie auf dem kalten Fliesenboden vor dem Leichentisch.

Dort blieb sie stehen.

Quinn wollte atmen, er hörte sich nur stöhnen, wobei er den Kopf drehte und seinen Blick nach unten richtete. Nun schaute er auf die kleine Person mit den dunklen Haaren, und er wußte nicht, was er denken sollte. Er hätte den Fuß anheben und die kleine Person zertreten können. Das wagte er nicht. Statt dessen bereitete ihm dieses kleine Wesen ein Gefühl tiefer Todesangst.

Er hatte nie so recht über diesen Begriff nachgedacht, er wußte auch nicht, wie sich ein Mensch in der Todesangst fühlen konnte, in diesem Fall jedoch ging er davon aus, daß ihn diese Furcht umklammert hielt und allmählich zerdrücken würde.

Das Wesen mit dem blassen Körper hatte seinen Kopf zurückgelegt und starrte ihn an.

Augen funkelten. Quinn las ein böses Versprechen in ihnen, und bei ihm meldete sich der Selbsterhaltungstrieb. Er wußte, daß er nicht länger hier auf dem Fleck stehenbleiben durfte, deshalb überwand er die Hemmschwelle und ging zurück.

Er hätte es Sekunden früher tun sollen, da aber war die Starre noch zu stark gewesen.

Plötzlich schnellte das Wesen in die Höhe. Aus dem Stand hervor jagte es hoch.

Der Mann blieb stehen.

Er sah den Schatten an sich heranwischen, und plötzlich hing die Alraune an seinem Hals. Zum erstenmal spürte er den Körper in einem direkten Kontakt. Er hatte eigentlich erwartet, daß er so kalt wie der einer Leiche sein würde, da aber irrte er sich. Die Haut war ungewöhnlich warm, und es strömte von ihr etwas über, das auch ihn erfaßte. Kleine Hände hatten sich in der Haut an seinem Hals festgeklammert, und er merkte, daß die Spitzen der Nägel kleine Wunden in seine Haut bohrten. Das Wesen hing an ihm, aber es krabbelte weiter und wollte nicht nur auf einer Stelle bleiben.

Quinn ging zurück, ohne daß er es richtig mitbekam. Er stieß gegen einen der anderen Tische, prellte sich die Hüfte, merkte es kaum, wobei ihm gleichzeitig der Gedanke kam, endlich die Arme anzuheben und die Person von seinem Körper zu reißen.

Auf einmal riß das Wesen seinen Mund noch weiter auf. Die untere Gesichtshälfte bestand fast nur aus Maul, und aus dieser tiefdunklen Öffnung schoß etwas hervor.

Es war ein roter Klumpen, wie der Strang einer Pflanze, und es war doch anders.

Die Zunge der Alraune schoß vor und erreichte zielsicher die Lippen des Mannes.

Quinn spürte den Aufschlag. Er hörte auch das schmatzende Geräusch, er wollte die Lippen zusammengepreßt halten, während zugleich die wilde Panik in ihm hochstieg.

Die Kraft der Zunge war stärker.

Dieses schleimige rote Ding bohrte sich genau zwischen seine Lippen. Der Widerstand des Mannes dauerte nicht mal drei oder vier Sekunden, dann konnte er dem Druck nichts mehr entgegensetzen und mußte den Mund öffnen.

Die Zunge flutschte hinein, erwischte seine eigene, füllte den Mund aus wie ein glitschiger Fisch, der sich noch zuckend bewegte, und dem Mann wurde mit einemmal schwarz vor Augen.

Das ist der Tod, dachte er, das ist der Tod.

Dann brach Elliot Quinn zusammen!

Ist der Himmel kalt, oder wird die Hölle von einer brutalen Kälte bestimmt? Diese Gedanken schossen Quinn durch den Kopf, als er aus einem für ihn nicht erklärbaren Zustand erwachte und es geschafft hatte, sich aufzusetzen. Er hockte auf dem kalten Boden in der Leichenhalle des Krankenhauses, stützte sich mit den Handflächen ab, stierte ins Leere und wußte noch immer nicht, was er denken sollte.

Sein Gehirn war so leer. Alles Wichtige hatte man aus ihm entfernt und ihn, den Menschen, zu einer Marionette degradiert. Er spürte weder Angst noch Freude, er spürte gar nichts mehr, denn er war nichts als eine Hülle.

Man hatte ihm die Seele gestohlen!

Dieser erste Vergleich huschte durch seinen Kopf,

obwohl er unsinnig war. Und mit diesem Gedanken kehrte auch die Erinnerung an das schreckliche Erlebnis zurück, von dem er sich wünschte, daß es ein Traum gewesen wäre, aber so realistisch war, um zuzugeben, daß er nicht geträumt hatte.

Die Kälte trieb ihn hoch.

Mühsam stand er auf. Wieviel Zeit vergangen war, interessierte ihn in diesen Augenblicken nicht. Er tappte wie ein Roboter durch die Leichenhalle, einen Arm nach vorn gestreckt, den anderen an der Seite herabhängend.

So erreichte er den Tisch mit der Leiche des Pietro Anzaro. Wieder blieb er neben dem Toten stehen und schaute ihn aus dieser kurzen Distanz sehr genau an.

Quinn konzentrierte sich auf das Gesicht, besonders auf den Mund, nur aus ihm war dieses Wesen hervorgeglitten, eine kleine Frau, die ihn schließlich geküßt hatte.

Er schüttelte sich, als er daran dachte. Damit kam er nicht zurecht, obgleich er wußte, daß er nicht geträumt hatte. Quinn stellte auch eine Veränderung an den Mundwinkeln des Toten fest, denn sie waren regelrecht ausgefranst.

Also doch.

Die Frau hatte sich aus dem Mund des Toten geschoben und ihn . . . seine Gedanken stockten.

Er spürte das Brausen in seinem Kopf, als wäre irgendwo darin ein Motor abgestellt worden, der diese Geräusche abgab. Noch nie zuvor hatte er so etwas erlebt. Das Brausen breitete sich aus, es klang überlaut in seinen Ohren wider, es wurde zu einem dumpfen Tornado, immer lauter und lauter, als wollte es schließlich seinen Kopf zersprengen.

Quinn kam nicht mehr zurecht. Er reagierte auch nicht mehr wie ein normaler Mensch. Er riß beide Arme in die Höhe, drückte seinen Rücken durch und taumelte zur Seite.

Dann knickten die Arme ein, und er preßte die Hände gegen sein Gesicht.

Er taumelte durch die kalte Halle, er stieß gegen die Hände, er keuchte und schrie zugleich und versuchte vergeblich, sich aus diesem schrecklichen Zustand zu befreien.

Bilder waren vor seinen Augen hochgestiegen. Schreckliche Szenen, Visionen aus der Hölle. Er sah sich selbst, sein eigenes Abbild, jedoch zu einem Zerrbild verändert, und er sah sich in seinem Büro sitzen und nach dem Schälmesser greifen.

Immer und immer wieder stieß er sich selbst in den Hals. Er sah das Blut spritzen und sich selbst über dem Schreibtisch zusammenbrechen.

Quinn prallte gegen die Tür. Er hatte überhaupt nicht mitbekommen, in welche Richtung er gelaufen war. Auch der Aufprall mit der Stirn änderte dies nicht. An der Tür sank er zusammen, dabei hatte er die Augen weit aufgerissen, mußte das Muster der Fliesen sehen, aber andere Visionen schoben sich darüber.

Wieder stand er im Mittelpunkt.

Er sah auch seine Frau. Sie hockte zu seinen Füßen und war nicht mehr als ein blutendes Bündel, das in seinen letzten Zügen lag und mit den Augen um Gnade flehte.

Aber er hatte das Beil . . .

Vision und Realität vermischten sich. Alraunes Todeskuß hatte durch sein Gift bei ihm ein furchtbares Trauma hinterlassen. Er spürte das harte Hämmern des Bluts hinter seiner Stirn. Hammerschläge erwischten ihn, peitschten ihn voran. Seine Beine bewegten sich zuckend. Es glich schon einem kleinen Wunder, daß er es überhaupt schaffte, auf den Beinen zu bleiben.

Irgendwie gelang es ihm, die Leichenhalle zu verlassen und in sein Büro zu torkeln.

Da war der Schreibtisch.

Da stand das Telefon. Da stand auch die alte Thermosflasche. Daneben lag das kurzklingige Obstmesser.

Er grinste scharf, als er das Messer sah. Schwer wie ein nasser Sack war Quinn auf seinen Stuhl gefallen. Die Welt um ihn herum drehte sich, und innerhalb dieser Kreise bildeten sich farbige Nebelschleier, die wie die Ringe eines Planeten um seinen Körper herumwirbelten.

Er griff trotzdem nach dem Messer. Es war der einzige Gegenstand, den er klar erkennen konnte.

Für einen Moment dachte er an seine erste Vision.

Da hatte er hinter seinem Schreibtisch gesessen und nach dem Messer gegriffen.

Jetzt war es Realität!

Elliot Quinn hielt den Griff sehr fest. So intensiv, daß schon die Haut über seinen Knöcheln dünn geworden war. Sein Mund verzog sich auf eine ungewöhnliche Art und Weise. Es war weder ein Grinsen noch ein Lächeln, es war einfach die Bestätigung des Wissens um das, was in den nächsten Sekunden passieren würde.

Quinn hob seinen Arm an.

Halshöhe!

Dann stieß er zu.

Immer und immer wieder . . .

Wir standen in unserem Vorzimmer – Glenda Perkins' Büro – tranken Kaffee und wärmten unsere Hände an den Tassen. Glenda schaute uns dabei zu und hob die Schultern. Dann zupfte sie an ihrer weißen Rüschenbluse mit den kleinen roten Schmetterlingen als Druck, schüttelte den Kopf, hob auch die Schultern und gab eine simple Bemerkung von sich.

»Also, ich weiß nicht . . .«

»Was weißt du nicht?« fragte ich.

»Ob das wirklich ein Fall ist, mit dem man euch konfrontiert hat.«

Suko stellte die leere Tasse weg – auch er hatte Kaffee getrunken – und meinte: »Das wird sich herausstellen.«

»Ihr wollt also in das Krankenhaus?«

»Ja.«

»Eine Alraune fangen?«

Ich lächelte Glenda an. »Gefällt dir nicht, wie?«

Sie lächelte zurück. »Nein. Es klingt mir einfach zu phantastisch. Ich kann das nicht nachhalten.«

»Hinfahren werden wir«, sagte ich. »Du kannst dem Alten ja sagen, wo er uns findet.«

»Mache ich.«

Auch ich leerte meine Tasse, vergaß auch nicht, Glenda zu loben und ging nach Suko aus dem Vorzimmer. Im Flur erwischte uns Sir James. Sein Blick war erstaunt, und die dicken Brillengläser machten seine Augen noch größer. »Sie wollen schon wieder gehen?«

»So ist es, Sir.«

»Wohin?«

»In ein Krankenhaus.«

Er runzelte die Stirn, als er mich anblickte. »Und wen wollen Sie dort besuchen?«

»Einen Toten, Sir.«

Das war zuviel. Schon bei den letzten Antworten hatte ich festgestellt, daß sich das Gesicht unseres Chefs leicht gerötet hatte, und diese Farbe setzte sich nun fort. Suko trat sicherheitshalber einen Schritt zurück und schaute gegen die Decke.

»Hören Sie zu, John. Ich bin an diesem Morgen nicht

zu irgendwelchen Späßen aufgelegt, deshalb sollten Sie mir . . .«

Bevor seine Stimme anschwellen konnte, übernahm ich das Wort. »Es ist auch kein Spaß, Sir.«

»Sie wollen tatsächlich einen Toten besuchen?«

»Ja.«

Er war still. Dann nickte er. »Gut, gehen wir in mein Büro. Das brauchen wir ja nicht auf dem Gang zu bereden.«

Suko grinste mich schief an und bekam dafür von mir einen Stoß in die Seite. Sir James zeigte noch immer ein brummiges Gesicht, als er uns Plätze anbot. Abwechselnd erklärten wir ihm, was uns Maria Anzaro berichtet hatte.

Der Superintendent hörte zu. Er spielte dabei mit einem Lineal. Ich hatte mich auf seine Augen konzentriert und glaubte, in ihnen die gleiche Skepsis zu erkennen wie bei Glenda vorhin.

»Das glauben Sie alles?« fragte er uns.

»Wir werden es nachprüfen, Sir. Bis zum Beweis des Gegenteils gehen wir davon aus.«

Unser Chef konnte es noch immer nicht fassen. »Was ist mit Ihnen, Suko?«

»Ich teile Johns Meinung.«

Er hob die Schultern. »Gut, fahren Sie. Ich werde mich dann von Ihnen überraschen lassen.«

Wir waren froh, daß unser Gespräch nicht länger gedauert hatte. Irgendwo drängte es uns schon, Licht in das geheimnisvolle Dunkel zu bringen. Ging ich meinem Gefühl nach, so hatten wir schon mitten hinein in den neuen Fall gegriffen.

Das Krankenhaus entpuppte sich zum Glück nicht als eine große Bettenburg. Es war relativ klein, wurde konfessionell geführt, wie uns an der sehr überschaubaren Anmeldung erklärt wurde.

»Sie kommen sicherlich wegen des toten Kollegen«, sagte der Mann an der Anmeldung.

»Wieso?« fragte ich.

Mich traf ein verwunderter Blick. »Hat man Sie nicht wegen des Selbstmords gerufen?«

»Hat denn Pietro Anzaro Selbstmord verübt?«

Jetzt begriff der Mann gar nichts mehr. »Pietro – wie? Wer ist das denn, zum Teufel?«

Suko und ich warfen uns einen schiefen Blick zu. »Ich glaube, wir reden von zwei verschiedenen Personen«, sagte ich dann.

»Das scheint mir auch so.«

»Wie war das mit dem Selbstmord?« Suko reckte sein Kinn vor. »Sind schon die Kollegen eingetroffen?«

»Ja, sie untersuchen den Tatort.«

»Gut. Wo?«

»Da müssen Sie in den Keller.«

»Dessen Weg Sie uns sicherlich erklären können, denke ich.«

»Ja.« Er kam extra aus seiner Bude heraus. Wichtig war der Fahrstuhl. Mit ihm konnten wir in die Katakomben des Krankenhauses hineinrutschen. Von dort aus war es einfach.

In der Kabine schüttelte Suko den Kopf. »Da scheinen zwei verschiedene Wege aufeinander zuzulaufen«, bemerkte er.

»Möglich.«

»Glaubst du nicht daran?«

»Ich weiß bisher noch gar nichts«, erwiderte ich beim Aussteigen. »Mal sehen, was wir zu hören bekommen.«

Tatsächlich waren die Kollegen noch da. Sie drängten sich in einem kleinen Büro zusammen, gemeinsam mit Ärzten oder Helfern in weißen Kitteln. Nur die Leiche sahen wir nicht, dafür das viele Blut, das sich überall verteilt hatte.

Der Chef der Polizeitruppe hieß Murdock. Er kannte uns, ich kannte ihn, und er war ebenso berühmt für seinen Stiernacken wie Chiefinspektor Tanner für seinen Hut. Unter den buschigen Brauen hervor schaute uns Murdock beinahe drohend an.

»Was wollt ihr denn hier, Freunde? Es gibt weder Geister noch Dämonen. Es gibt nur einen Selbstmord, wie wir festgestellt haben, so schrecklich er auch durchgeführt wurde.«

»Wie denn?« fragte ich.

»Mit einem Obstmesser.«

Ich schluckte und saugte die Luft durch die Nase ein. »Das ist doch Irrsinn . . .«

»Nein, Sinclair, das ist der ganz normale menschliche Wahnsinn. Sie sind wohl vom Weltlichen ab und denken nur an Ihre Geister, wie ich sehe.«

»Unsinn.«

»Jedenfalls schien der Mann kein Motiv gehabt zu haben, was die Aussagen der beiden Ärzte hier angeht. Sein Leben lief in ruhigen Bahnen. Er tat seinen Dienst schon seit zwanzig Jahren und gehörte zu den ruhigen Vertretern.«

»Da kann man wohl nichts machen«, sagte Suko und hob dabei die Schultern. »Eigentlich sind wir auch nicht wegen dieses Selbstmörders hier erschienen. Uns interessiert ein anderer, ein Toter.«

»Wieso?«

Suko winkte ab. »Ich denke, da sind Sie nicht die richtige Person, um uns Auskunft zu geben. Ich denke, einer der Ärzte sollte uns dabei weiterhelfen.«

Ein Mann im weißen Kittel drehte sich um. »Ich bin Doktor Urman. Kann ich Ihnen helfen?«

Der Mann war noch jung. Mit seinem flotten Haarschnitt machte er nicht gerade den Eindruck eines Arztes. Er hätte durchaus Sportler sein können.

»Wir sind gekommen, um uns die Leiche eines gewissen Pietro Anzaro anzuschauen.«

Der Arzt nickte. »Ja, den gibt es hier.«

»Wo?«

»Da müßten Sie mitkommen.«

Ich war ebenfalls bereit, wurde aber von Murdocks Stimme aufgehalten. »He, Sinclair, ist es sicher, daß Sie hier nichts mehr zu tun haben? Dann können wir nämlich verschwinden.«

Ich war noch skeptisch. »Es steht also einwandfrei fest, daß hier ein Selbstmord vorgelegen hat?«

»Das nehme ich auf meinen Bulleneid.«

Die anderen grinsten nach der Antwort. Ich nicht, denn ich kannte Murdocks rustikale Art. »Wenn sich noch Fragen ergeben sollten, rufe ich Sie an.«

»Ja, tun Sie das.«

Der Arzt ging vor und führte uns in das Reich der Toten. In einen kalten Raum, wo die Verstorbenen auf Kunststofftischen lagen und auf das Einsargen warteten.

Am Fußende baumelte das kleine Schild mit dem Namen des Verstorbenen, den wir suchten. Als ich las, erklärte mir der Arzt, daß in diesem Krankenhaus die Schilder noch mit der Hand geschrieben wurden. Das würde sich in den nächsten Monaten allerdings ändern.

Ich nickte nur und dachte mir meinen Teil. Ich war nicht unbedingt ein Technik-Freak und dachte daran, daß diese Computerkälte auch zu der Eiszeit des Todes paßte.

Von zwei verschiedenen Seiten her schauten wir uns die Leiche an. Auch der Arzt sah hin. Als ich ihm zufällig einen Blick zuwarf, sah ich, wie sich seine Stirn umwölbte und seine Augen einen überraschten Ausdruck bekommen hatten.

»Stimmt was nicht, Doktor Urman?«

»Ich weiß nicht so recht.«

»Sagen Sie, was Sie bedrückt.«

»Es ist der Tote hier.« Er deutete auf den Kopf.

»Und?«

»Ihnen beiden kann nichts auffallen, weil Sie ihn zum erstenmal sehen. Bei mir ist das etwas anderes. Ich habe ihn schließlich untersucht und muß sagen, daß er sich verändert hat.«

»Als Leiche verändert.«

»So ist es.«

»Was, bitte, hat sich verändert?«

Doktor Urman rieb sein Kinn. Er ließ sich Zeit, sammelte seine Worte und meinte dann: »Ich würde sagen, es ist das Gesicht. Ja, es ist das Gesicht, vor allen Dingen der Mund.«

»Er steht offen.«

»Sehr sogar«, bestätigte der Arzt und holte einen Kugelschreiber aus seiner Tasche. Mit dessen Spitze deutete er auf die beiden Mundwinkel. »Schauen Sie mal genau hin. Ihnen müßte eigentlich auffallen, daß sie an den Rändern ziemlich zerfranst sind. Und das war vor einem Tag noch nicht der Fall. Ich müßte mich schon sehr irren, wenn ich das übersehen hätte.«

»Andere Frage. Was sagt Ihnen das?«

»Tja, was sagt mir das?« murmelte er. »Wenn es nicht so unglaublich klingen würde, dann möchte ich schon behaupten, daß etwas in seinem Körper hochgekrochen und aus dem Mund geglitten ist. Dieses Etwas muß eine große Kraft gehabt haben, es hat sogar den geschlossenen Mund des Toten geöffnet.« Er hob die Schultern. »Ich weiß, es klingt verrückt, aber ich sehe im Moment keine andere Möglichkeit.«

Suko und ich blickten uns über die Leiche hinweg an. Was Doktor Urman da gesagt hatte, hörte sich tatsächlich unwahrscheinlich an, aber war es auch unmöglich? Wir wagten beide nicht, dies zu bezweifeln, denn wir hatten gelernt, daß alles möglich war.

»Was hätte denn aus dem Mund herauskriechen können?« erkundigte ich mich.

»Da fragen Sie mich was, Mr. Sinclair. Ich werde Ihnen neutral antworten und von einem Fremdkörper sprechen.«

»Aha.«

»Das bringt Sie nicht viel weiter – oder?«

»Nein.«

»Jetzt habe ich mal eine Frage. Warum interessieren Sie sich eigentlich für den Toten?«

Ich konnte ihm die Wahrheit schlecht sagen. Suko kam mir sowieso zuvor.

»Seine Schwester Maria sprach mit uns. Sie hat sich seinetwegen Sorgen gemacht.«

»Der Mann ist erstickt, Inspektor.«

»Das wissen wir.«

Doktor Urman schüttelte den Kopf. »Es gibt überhaupt keinen Hinweis darauf, daß er eines unnatürlichen Todes gestorben wäre. Da ist nichts zu machen.«

»Können Sie denn sagen, woran er erstickt ist?« fragte ich.

»Nein. Es gab nichts.«

»Sie werden ihn auch nicht aufschneiden?«

»Es liegt kein Grund dafür vor. Außerdem hat seine Schwester, an die ich mich natürlich erinnere, alles akzeptiert.«

»Sofort?«

»Ja.« Der Arzt ging zur Seite. »Ich habe mich zwar über die Reaktion gewundert, denn sie war kaum überrascht, daß ihr Bruder gestorben war und hat davon gesprochen, daß es mal so kommen mußte. Sie wissen ja, wie das ist. Man redet viel, wenn die Tage lang sind. Jedenfalls hat sie es mit Fassung getragen. Daß sie dennoch mißtrauisch war, beweist Ihre Anwesenheit, meine Herren.«

Suko räusperte sich. »Ich denke, John, die Sache ist gelaufen. Hier werden wir nichts mehr herausbekommen.«

»Das befürchte ich auch.« Ich schaute den Arzt an. »Und Sie sind der Meinung, daß etwas aus dem Mund des Toten gekrochen ist?«

»Anders läßt sich die unnatürliche Öffnung nicht erklären. Aber wer weiß, welche Rätsel uns die Natur noch aufgibt. Wir sind nur Menschen, kleine Wesen, die einer höheren Macht gehorchen. Je älter ich werde, um so mehr muß ich einsehen, wie wenig ich doch letztendlich weiß. Aber das werden schon andere vor mir gesagt haben.«

»Das geht Ihnen nicht allein so«, sagte ich.

»Was hält uns noch hier?« fragte Suko.

»Nichts mehr.«

»Ich werde die Leiche trotzdem pathologisch untersuchen lassen«, erklärte der Arzt. »Denn mich haben meine eigenen Folgerungen neugierig gemacht.«

Wir waren damit einverstanden. »Tun Sie das, Doc. Sollten Ihnen noch weitere Sachen auffallen, die rätselhaft sind, lassen Sie es uns wissen.« Ich drückte ihm meine Karte in die Hand, dann verließen wir die ungastliche Stätte.

Reinemachefrauen waren dabei, im Büro das Blut wegzuwischen. Ihre Gesichter blieben bei der Arbeit stoisch. Wahrscheinlich waren sie so etwas gewohnt.

Draußen atmeten wir beide zunächst einmal tief durch. »Und wie geht es jetzt weiter?« fragte Suko.

»Wir fahren zu Maria.«

»Warum?«

Ich hob die Schultern. »Genau kann ich dir das nicht sagen, aber sie ist die einzige Spur oder der Schlüssel zu diesem verdammten Fall. Möglicherweise erinnerte sie sich an gewisse Dinge, die für uns wertvoll werden können.«

Alraune hatte das Krankenhaus verlassen.

Das kleine Wesen fühlte sich nicht nur gut, sondern wunderbar. Der Kontakt mit dem Menschen hatte ihm richtig gutgetan. Durch seinen Kuß war dieser Mann verseucht worden, und er hatte das getan, was ihm seine Visionen vorschrieben.

Er war der erste, der Anfang, aber Alraune wollte nicht aufhören. Sie würde weitermachen, denn jetzt war sie frei. Sie war nicht mehr versteckt im Körper eines Toten. Niemand würde ihr auf die Schliche kommen, denn wer von den Menschen dachte schon daran, daß es so etwas wie sie überhaupt gab?

Den Rest der Nacht hatte sie versteckt in einem Gebüsch nahe dem Krankenhaus verbracht. Bei ihrer Größe war es ihr ein leichtes, Deckung zu finden. Sie würde sich immer wieder vor den Menschen verstekken können, um anschließend um so überraschender zuschlagen zu können.

Die Nacht verging, es wurde hell, sie hockte nackt auf der kalten Erde, ohne jedoch die Kälte zu spüren.

Alraune arbeitete an einem Plan.

Es mußte weitergehen, und es mußte vor allen Dingen nach ihren Plänen weitergehen. Derjenige, der versucht hatte, hinter ihr Geheimnis zu gelangen, um sie anschließend in die Gewalt zu bekommen, war von ihr ›belohnt‹ worden.

Eigentlich hätte die Spur damit gelöscht sein können, aber nur eigentlich, denn Alraune hatte sehr genau mitbekommen, daß zwischen diesem Mann und seiner Schwester so etwas wie ein Vertrauensverhältnis bestanden hatte. Es war durchaus möglich, daß diese Frau den Tod nicht so einfach hinnahm, und deshalb mußte sie zumindest beobachtet werden. Wenn sie dann in die falsche Spur eintrat, würden sie ebenfalls den Todeskuß bekommen.

Das holzige Gesicht der kleinen Person verzog sich zu einem bösen Grinsen. Alraune spürte, daß es ihr gutging. In ihr steckten unwahrscheinliche Kräfte. Sie hatte Macht über Menschen erlangt, und das freute sie wahnsinnig.

Noch blieb sie im Gebüsch hocken, aber lange würde sie es nicht mehr tun. Sie wartete auf eine günstige Gelegenheit, um verschwinden zu können.

Ihr Versteck lag noch auf dem Gelände des Krankenhauses, aber hinter dem Gebäude. Dort befand sich auch die Zufahrt für die Lieferanten, und es waren nicht wenige Wagen, die dort eintrafen. Als sie den Motor eines Autos hörte, drückte sie sich auf dem Bauch liegend vor. Sie blieb dicht am Rand der Zufahrt liegen und schaute dem Ungeheuer entgegen, das sich auf vier Rädern näherte.

Für sie war dieser kleine Lieferwagen ein Ungeheuer, das sie mit Leichtigkeit zermalmen konnte.

Sie wartete ab.

Der Wagen fuhr vorbei. Er wurde langsamer, und der Fahrer drehte in der Sackgasse. Dann stieg er aus. Er war ein noch junger Bursche mit schwarzen, langen Haaren, die zu einem Zopf geflochten waren. Er trug einen blauen Overall und einen braunen Pullover. Die Fahrertür schlug er zwar zu, schloß sie jedoch nicht ab, und das war Alraunes Chance.

Im Moment kam niemand, denn auch der Fahrer war im Krankenhaus verschwunden. Günstiger konnte die Gelegenheit nicht sein, und das Wesen lief los.

Die Alraune war trotzdem vorsichtig. Sie sah nicht

nur aus wie ein kleiner Mensch, sie dachte und handelte auch so. Sie hatte die menschlichen Eigenarten und Eigenschaften übernommen. Es war für sie ein Vorteil gewesen, sich lange bei einem Menschen aufzuhalten, denn Pietro Anzaro hatte sich sehr intensiv mit ihr beschäftigt.

Er hatte von ihr gelernt und sie von ihm.

Nur sein Ende hatte er sich nicht so vorgestellt. Da war sie dem Menschen eben überlegen gewesen.

Sie lief zügig und etwas staksig. Zudem blieb sie am Rand der Straße, wo das harte Wintergras über ihren Körper schabte und die Füße leise auf den weichen Boden klopften.

Als sie unter den Wagen huschte, war von dem Fahrer noch nichts zu sehen. Die Alraune war zufrieden. Sie stellte sich so hin, daß sie den Eingang beobachten konnte. Der Raum zwischen dem Erdboden und dem Unterteil des kleinen Transporters war groß genug.

Endlich kam der Mann. Das Wesen erkannte ihn an seinen Hosenbeinen. Er hatte noch einen anderen Mann mitgebracht, der mürrisch neben ihm hertrottete, ziemlich müde aussah und nicht darauf achtete, was der Fahrer ihm alles erzählte.

Sie gingen nicht nach vorn. Der Fahrer öffnete die Heckklappe. Alraune hörte seine Stimme. »Du kannst schon mal anfangen, abzuladen.«

»Willst du mir nicht helfen?«

»Gleich. Ich muß nur die Papiere holen, die liegen vorn.«

Das Wesen horchte auf. Wieder einmal stand ihm das Glück zur Seite. Für einen Moment lächelte es, dann konzentrierte es sich wieder und verfolgte die wandernden Beine des Fahrers. Es hörte auch, wie die Tür geöffnet wurde.

In dem Moment verließ die Alraune ihren Platz. Sie

sah den Rücken des Mannes. Er war nur zur Hälfte in den Wagen hineingestiegen und hatte sich vorgebeugt. Wahrscheinlich beschäftigte er sich mit dem Handschuhfach, um dort etwas hervorzuholen.

Viel Platz brauchte die Alraune nicht. Sie sprang in die Höhe und huschte hinter dem Rücken des Fahrers in den Wagen. Gesehen worden war sie nicht. Für wenige Sekunden noch erschrak sie, denn da bewegte sich der Mann, und es hatte den Anschein, als wollte er sich umdrehen und auf den Boden des Fahrerhauses schauen.

Er tat es nicht.

Die Alraune atmete auf.

Sie lächelte, als sich der Mann wieder zurückzog. Er pfiff noch vor sich hin, dann erschreckte sie der Knall der zuschlagenden Tür, wobei er sie auch gleichzeitig beruhigte.

Jetzt konnte nichts mehr schiefgehen.

Sie hüpfte auf den Sitz. Eine halbarmhohe Frau, voll entwickelt, etwas, das es eigentlich nicht geben durfte, versehen mit einem bösen Blick und voller Rachegedanken.

Sie schaute sich um.

Was für einen Menschen klein oder normal groß war, kam ihr überdimensional und riesig vor. Die Alraune brauchte eine gewisse Zeit, um sich zu orientieren. Wichtig für sie war es jetzt, ein Versteck zu finden. Sie durfte auf keinen Fall auf dem Sitz hocken bleiben. Dort wurde sie zu schnell gesehen. Eine Überraschung wollte sie sich und dem Fahrer noch gönnen. Es gab eine gute Chance. Dort, wo der Beifahrer normalerweise seine Füße hinstreckte, war Platz genug. Es war dort auch dunkel, und sie kam sich vor, als würde sie in einen tiefen Schatten tauchen, der sich wie ein Gespinst um ihren Körper legte.

Das nackte Wesen hockte sich zusammen. Es sah so leicht und beschwingt aus, und ihre ungewöhnliche Haut dehnte sich bei der schraubenhaften Bewegung.

Im Schneidersitz blieb sie im Halbdunkel auf dem Boden sitzen und wartete.

Es wurde noch immer abgeladen. Sie hörte die Stimmen der Männer und bekam auch mit, wie die beiden auf die Ladefläche stiegen, denn dabei geriet das gesamte Fahrzeug in leichte Schwingungen.

Die Alraune war zufrieden. Sie streckte die Arme hoch, sie gähnte wie ein Mensch, und sie ließ ihren Mund offen, als die Zunge nach vorn schnellte.

Ein häßlicher, roter Wurm klatschte auf den Boden, glitt zuckend darüber hinweg und hinterließ eine Schleimspur, als wäre eine Schnecke dort hergelaufen.

Ob der Fahrer sie entdeckte oder nicht, war ihr egal. Sie hatte sowieso ihre eigenen Pläne, die auch ihn betrafen. Er würde den Kuß bekommen, und er würde tief hineinstürzen in die Visionen, die sie ihm brachte. Da sie nicht aus dem Fenster schaute, mußte sie sich einzig und allein auf ihr Gehör verlassen.

Das funktionierte gut, überhaupt befand sie sich in Topform. Sie hörte, wie die Türen an der Hinterseite zugeschlagen wurden. Ein paar kurze Worte fielen noch zwischen den Männern, dann riß der Fahrer vehement die Tür auf.

Aufstöhnend setzte er sich nieder. Er startete noch nicht, sondern strich mit beiden Händen über sein Haar und ließ die Finger auch an seinem Nackenzopf entlanggleiten.

Alraune war etwas vorgekrochen. Um den Mann sehen zu können, mußte sie schräg in die Höhe schauen. Wieder wirkte er wie ein Riese. Nur wußte sie genau, wie klein dieser Riese Mensch letztendlich werden konnte.

Aus einer Schachtel nahm der Mann eine Zigarette und schob sie zwischen seine Lippen. Er spendierte sich Feuer, paffte einige Wolken, die sich auflösten, aber der Geruch blieb im Wagen hängen, was Alraune störte, denn sie haßte eine derartige Luft.

Dann streckte er den Arm aus und schaltete das Radio ein. Der Sender brachte die Musik, die ihm gefiel. Harter Rock, der Alraune die Ohren volldröhnte.

Zum Glück war das dem Mann selbst zuviel. Er drehte den Ton leiser und startete endlich. Für einen Moment vibrierte das Fahrzeug, und auch die Alraune wurde durchgeschüttelt. Mit einem Ruck fuhr der Mann an. Das kleine Wesen war darauf nicht gefaßt gewesen. Der plötzliche Schwung schleuderte es nach vorn. Zwei ausgestreckte Hände reichten aus, um sich abstemmen zu können. Sie drückte sich wieder nach hinten und nahm die gleiche Position ein.

Sie hatte Zeit.

Der Mann ahnte nichts. Er hatte seinen Wagen leergeräumt und würde wieder zu seiner Firma fahren, wo er erneut Ladung aufnahm. Die nächste Tour würde ihn in den Londoner Norden bringen, wo sein Arbeitgeber noch eine Filiale besaß, nicht weit von dem Kunden entfernt. Von dort würde er die Lebensmittel zu einer Großküche schaffen. Danach hatte er Feierabend.

Alraune wartete und lauerte.

Zuerst ihn, dann sie.

Als sie an die Frau dachte, verzog sie die Lippen. Die Zunge aber blieb im Mund. Die Alraune würde eine günstige Gelegenheit abwarten, vom Boden aus auf den Sitz springen und den Mann überraschen. Er würde nicht mal schreien, sie kannte das, und sie würde ihm den Kuß geben.

Ampelstopps wechselten sich mit dem Kreisverkehr ab, für den London bekannt ist.

Die Alraune wußte nicht, wo sie sich befanden. Sie kannte London auch nicht, aber sie würde Maria Anzaro finden, das stand fest. Sie wußte, wo sie arbeitete, sie wußte auch, wo sie wohnte, ihr Bruder hatte viel geredet.

Wieder mußte der Fahrer anhalten. Sein leises Fluchen wies darauf hin, daß es kein normaler Stopp war, sonst hätte er auch nicht die Scheibe nach unten gedreht und seinen Kopf aus dem Fenster gestreckt. Er sprach mit einem anderen Mann und fragte, weshalb sich die Fahrzeuge hier stauten.

»Ein Unfall«, wurde ihm gesagt.

»Scheiße. Dauert es lange?«

»Keine Ahnung.«

»Okay.« Der Mann mit dem Zopf drehte sich wieder herum und stöhnte auf. Erneut griff er nach einer Zigarette. Die Augen der Alraune, die alles mitgehört hatte, glänzten. Besser hätte sich das Schicksal nicht auf ihre Seite stellen können. Das war genau der richtige Augenblick, um sich zu zeigen.

Sie blieb trotzdem vorsichtig, als sie nach vorn kroch. Wenn sie nach links schaute, sah sie die Beine des Fahrers. In den Schuhen bewegte er seine Füße. Das Leder warf kleine Wellen, er schlug den Takt der Musik mit, die er leiser gestellt hatte.

Sie stieß sich ab.

Ein Sprung reichte aus, und sie hockte auf dem Sitz, die Knie gegen den Stoff gepreßt, die Arme vorgestreckt, den Kopf gedreht, um die Reaktion des Fahrers zu erleben.

Der hatte zunächst nichts mitbekommen. Oder wußte nicht so recht, was passiert war. Daß sich etwas verändert hatte, daran glaubte er schon, denn er saß plötzlich unbeweglich auf seinem Sitz und hielt die Zigarette wie einen kleinen Speer zwischen den Fingern. Er schaute zu, wie die Asche abfiel. Zwischen seinen Beinen landete sie auf dem Boden. Erst dann drehte er den Kopf nach links.

»Hier bin ich«, sagte die Alraune flüsternd, als sie sah, daß der Mann an ihr vorbeischaute.

Der Fahrer schrak zusammen.

Dann blickte er neben sich auf den Sitz.

Darauf hatte die Alraune gewartet. Sie liebte es, die Reaktionen auf ihr Erscheinen im Gesicht der Menschen zu sehen. Sie weidete sich an dem Schrecken, der Überraschung, dem Nichtbegreifen und dem anschließenden Spaß.

Er starrte auf sie nieder. Ein Mann, der nicht wußte, was er sagen sollte. Der kalkbleich geworden war und auf dessen Stirn die Schweißtropfen ein Muster bildeten. Er schüttelte kaum merklich den Kopf, schloß dann, als die Starre sich etwas gelöst hatte, die Augen, öffnete sie wieder und mußte erkennen, daß das Bild geblieben war.

Neben ihm saß eine winzige splitternackte Frau!

Nun hatte er bestimmt nichts gegen nackte Frauen, aber nicht in diesem Fall. Das war eigentlich nicht zu fassen, denn er kannte die Puppe nicht. Er wußte nicht, wer sie ihm in den Wagen gestellt hatte. Bestimmt einer von seinen Freunden, um ihn zu schocken, denn die Puppe sah verflucht echt aus.

Als würde sie leben . . .

Er schauderte, als er daran dachte, doch seine Gedanken drifteten in eine andere Richtung. Er hätte die Puppe vorhin beim Einsteigen sehen müssen. Die wäre ihm aufgefallen, aber da war der Sitz leer gewesen. Jetzt nicht mehr.

Wie kam sie dorthin?

Plötzlich durchrieselte ihn ein kalter Schauer. Es war so etwas wie eine Vorwarnung, daß dieses Auftauchen der Puppe irgendwie nicht mit rechten Dingen zuging. Sie saß neben ihm, als wäre sie buchstäblich vom Himmel gefallen. So etwas war nicht möglich. Weder vom Himmel gefallen, noch aus der Hölle gestiegen. Sie war einfach da, sie war nackt, und sie schaute ihn aus kleinen Augen an.

Der Fahrer wußte nicht, was er tun sollte. Er hatte die Scheibe nicht ganz in die Höhe gekurbelt, den Motor aber abgestellt. Zwar hörte er Geräusche von außen an seine Ohren dringen, sie erschienen ihm jedoch weit, sehr weit entfernt, als wären sie der Tiefe des Alls entsprungen. Er wollte nachdenken, auch das klappte nicht. Sein Gehirn war blockiert, und auch die Musik klang plötzlich so leise.

Nichts war da, gar nichts . . .

»Wie heißt du?«

Die Frage riß ihn aus seiner Lethargie.

»Morton.« Die Antwort floß automatisch über seine Lippen, ohne daß er darüber nachgedacht hätte.

Die kleine Frau lächelte. »Und ich bin Alraune . . .«

Morton dachte über den Namen nach. So ungewöhnlich er klang, gehört hatte er diesen Begriff schon. Allerdings nicht in Verbindung mit einem Namen. Alraune war ein Gewächs, eine Wurzel, aus der man wohl Säfte gewann. Darüber hatte er mal in der Schule etwas gehört.

»Du darfst mich anfassen, Morton.«

Der Fahrer schrak zusammen. Anfassen, hatte sie gesagt! Warum und wieso sollte er sie anfassen?

Er schüttelte den Kopf.

»Doch, tu es!«

»Nein . . .«

»Ich bin nicht zerbrechlich.« Sie dokumentierte, was sie damit meinte und strich aufreizend über ihre nackten Brüste. »Da, siehst du es, Morton?«

Er sah es, und er sagte sich, daß er einen Traum erlebte. Alles, was man ihm präsentierte, durfte es einfach nicht geben. Das war einzig und allein verrückt. So etwas gehörte ins Reich der Fabel und der Märchen. Eine derartig kleine Frau gab es nicht. Wenigstens keine, die dazu noch reden konnte. Gut, man konnte sich vielleicht eine Puppe schnitzen, aber daß diese Puppe sprach, war nicht drin. Nein, so etwas existierte in einem Roman oder Film.

»Willst du nicht?« Die Frage riß ihn aus seinen Gedanken.

Er zwinkerte. Dann bewegte er die Hände. Mit den Flächen strich er über den blauen Jeansstoff der Hosenbeine. Seine Augen verdrehten sich, als er aus dem Fenster schielte.

Draußen war die normale Welt, da lief alles ab wie immer. Es gab diese Wagenschlange, er steckte in einem Stau, das war alles nichts Ungewöhnliches, und nun hatte er Besuch bekommen. Seine Stirn war heiß geworden, da brauchte er gar nicht erst zu fühlen, und er spürte auch das Zucken der dünnen Haut an seinen Schläfen. Alles war so normal und gleichzeitig furchtbar.

»Du magst mich nicht, wie?«

Morton stöhnte auf. Er schüttelte den Kopf. Nur mühsam brachte er die nächsten Worte hervor. »Es gibt dich nicht!« keuchte er. »Es gibt dich nicht, verdammt. Geh weg! Geh endlich weg! Du sollst verschwinden, verdammt!«

Die Alraune lachte nur . . .

»Geh doch!«

»Nimm mich. Du darfst mich nicht nur anfassen, du darfst mich auch streicheln.«

»Nein . . .!« Es war kein Sprechen mehr, das Wort war schon geröhrt worden.

»Nein, verdammt . . .«

»Aber ich will dich!«

»Hau ab! Geh endlich! Verschwinde! Sieh zu, daß du wegkommst!« Er flüsterte die Worte so schnell hintereinander, als sollte das eine das andere einholen.

Sie lachte nur. Hell, perlend, gleichzeitig auch wissend, und Morton gefiel dieses Lachen überhaupt nicht. Er hatte das Gefühl, in einer Klemme zu sitzen, nichts war mehr wie sonst, jemand hatte ihn aus dem normalen Leben herausgerissen, wobei er das normale Leben durchaus sehen konnte, da brauchte er nur durch das Fenster zu schauen.

Er wollte in dieses Leben hineinsteigen. Die Tür aufhebeln, sich nach draußen schwingen und aus diesem Alptraum entfliehen. Das war die einzige Chance.

Ich tue es! Ich tue es! Ich . . .

Seine Hand hatte sich noch nicht bewegt, als die Alraune handelte. Sie hatte seine Gedanken erraten. Kurz nur sackte sie in die Knie, um sich den nötigen Schwung zu holen, dann katapultierte sie sich in die Höhe und schnellte direkt auf seinen Hals zu.

Mit einer lächerlich anmutenden Bewegung schüttelte Morton noch den Kopf, was überhaupt nicht reichte, denn die zupackenden Hände der Alraune waren schneller.

Sie krallten sich im Oberteil zwischen den beiden Trägern des Overalls fest. Das kleine Wesen hing dort wie ein Turner am Reck, es federte noch nach, und Morton hatte den Blick gesenkt, um das Gesicht aus kurzer Entfernung zu sehen.

Es war glatt, ohne Poren. Viel zu glatt für ein menschliches Gesicht, und er dachte wieder an den Begriff Alraune, den er mit einer Pflanze in Zusammenhang brachte.

Zwei dunkle Augen funkelten ihn an. Der Mund

lächelte oder grinste, und Morton ärgerte sich über seine eigene Sprachlosigkeit. Er konnte dem Blick dieser schrecklichen Augen nicht entgehen, sein Vorsatz, den Wagen zu verlassen, war dahingeschmolzen.

»Warum wolltest du mich nicht, Morton? Bin ich dir nicht schön genug, mein Bester?«

»Du mußt gehen!« Seine Stimme klang erst fest, dann flatterte sie. »Geh endlich weg!«

Die Alraune hielt sich noch immer am Stoff fest. »Nein, ich werde nicht gehen, Morton. Ich werde bei dir bleiben, denn ich werde dich küssen. Oder willst du mich küssen?«

Der junge Mann glaubte, sich verhört zu haben. Erst tauchte dieses Wesen hier auf, machte ihn seelisch fertig, und jetzt verlangte es noch, daß er es küßte.

»Nie . . . niemals . . .!«

»Ich werde den Kuß bekommen!«

Pack sie, schoß es ihm durch den Kopf. Pack sie mit beiden Händen und quetsche sie zusammen. Es ist am besten, wirklich am besten. Nur so kannst du überleben.

»Den Kuß!« forderte sie.

»N . . . nie!«

Alraune wollte es, und Alraune bekam immer, was sie sich vorgenommen hatte. Sie zog sich mit einer blitzartigen Bewegung in die Höhe und war plötzlich dicht vor der Kehle des entsetzten Mannes. Fingerspitzen krabbelten wie kleine Käfer an seinem Hals entlang, als wollte sie dort die Haut testen.

Bevor er den Kopf zur Seite drehen konnte, war sie an seinen Lippen. Und im nächsten Augenblick küßte sie ihn . . .

Es war ein Kuß, den Morton nicht wollte, gegen den er sich auch nicht wehren konnte. Zwar hatte er versucht, die Lippen geschlossen zu halten, doch die Kraft dieses kleinen Wesens war einfach zu stark. Er hatte das Gefühl, als würde sein Mund diesem harten Druck überhaupt keinen Widerstand entgegensetzen. Seine Lippen öffneten sich automatisch, und dann glitt etwas durch diesen Spalt hinein, was er einfach nicht fassen konnte.

Es war ein weiches, feuchtes, leicht schleimiges Ding. Er hatte das Gefühl, fremden Speichel in seinem Mund zu spüren. Einen Schleim, der widerlich stank. Etwas, das nach alten Pflanzen und auch Moder schmeckte und sich zuckend und drehend in seinem Mund ausbreitete. Es raubte ihm den Atem, es tanzte in seiner Mundhöhle, es klopfte gegen die Innenwände und hinterließ dort seine schleimige Spur. Es war einfach widerlich und ließ seinen Magen in die Höhe steigen, so daß er eine zusätzliche Atemnot bekam und darüber froh sein konnte, eine freie Nase zu haben, durch die er Luft holte.

Er schielte nach unten.

Er sah auf das pechschwarze Haar, das den Kopf umzuckte, weil sie ihn bewegte. Sie hatte sich an ihm und an seinen Lippen festgeklammert, sie schleuderte die Zunge in den Mund hinein, sie tastete ihn ab, als wollte sie fremdes Terrain erforschen, und die Übelkeit ließ ihn würgen. Obwohl erst einige Sekunden seit der Attacke verstrichen waren, kam es ihm vor, als wären Minuten vergangen, und er fühlte sich dabei wie ein Gefangener zwischen dicken Mauern, aus denen es kein Entkommen mehr gab. Sie hatte alles im Griff, die kleine Alraune beherrschte ihn, und Morton spürte, daß er in die Zunge gebissen und ihm etwas in den Mund gespritzt wurde.

Schließlich konnte er nicht mehr an sich halten. Seine Hände fuhren in die Höhe. Von beiden Seiten umklammerten sie die kleine Gestalt, um sie von seinem Mund wegzureißen.

Er schaffte es nicht.

Von einem Augenblick auf den anderen waren ihm die Kräfte genommen worden. Er fühlte sich matt, zerschlagen, regelrecht kaputt und irgendwo auch fertig.

Im Sitz war er zusammengesackt. Nur seine Füße zuckten, aber diese Bewegungen wurden nicht vom Gehirn gelenkt. Es waren mehr die letzten verzweifelten Versuche, etwas zu erreichen, was dennoch in einer weiten Ferne lag. Morton hörte Geräusche oder Töne und wunderte sich darüber, daß er sie ausgestoßen hatte.

Seine Hände rutschten an seiner Brust entlang nach unten, und er wunderte sich darüber, daß sie keinen Widerstand mehr fanden. Die kleine, unheimliche Frau war verschwunden.

Es wollte ihm nicht in den Kopf. Das Denken und die normale Logik waren bei ihm ausgeschaltet worden, und er stierte nach vorn, durch die Frontscheibe.

Vor seinem Fahrzeug stand ein kleiner Opel Corsa. Eine Frau war ausgestiegen und redete mit anderen Fahrern über den Stau. Das hätte auch Morton gern getan, nur war er nicht mehr dazu in der Lage, weil mit ihm etwas anderes passierte.

Er sah plötzlich den vorderen Wagen nicht mehr und auch nicht die ihn umstehenden Menschen. Andere Dinge nahmen sein Blickfeld ein. Aus der Erde und vom Himmel krochen düstere Schatten, um sich in der Mitte zu treffen. Wo sie aufeinanderprallten, bildeten sich neue Wesen. Schwammige Gestalten mit schrecklichen Fratzen tanzten vor und über seinem Wagen. Er sah gewaltige Mäuler, die weit aufgerissen waren, er sah die Zähne wie lange Messer, und er merkte, wie es in seinem Innern anfing zu kochen und die Beziehungen zwischen ihm und diesen Visionen sich verstärkten. Aus den taumelnden Schatten tauchte auch er auf, noch immer in seinem Auto sitzend, aber nicht mehr normal fahrend.

Sein Gesicht war verzerrt. Die Hände umklammerten das Lenkrad. Aus seinem Mund strömte Dampf, und der Ausdruck der Augen erinnerte an ein Reptil.

Der Weg war frei.

Er fuhr an.

Er gab Gas, er raste, er nahm keine Rücksicht. Er sah die Menschen, wie sie vor seinem Fahrzeug wegliefen, er sah, wie ein kleiner Wagen durch die Luft wirbelte, aufprallte und in eine breite Schaufensterscheibe rutschte, und er spürte plötzlich eine wilde, unkontrollierte Freude in sich aufsteigen.

Ein schriller Hupton und das Klopfen an der Scheibe rissen ihn aus seinen Visionen hervor.

Er drehte den Kopf.

Daß er blutunterlaufene Augen hatte, fiel ihm nicht auf. Wohl dem Mann, der gegen die Scheibe geklopft hatte. »Schläfst du?« brüllte er. »Fahr weiter, der Stau hat sich aufgelöst.«

Morton nickte.

Der andere verschwand, deshalb sah er das Grinsen nicht auf dem Gesicht des jungen Mannes.

Morton drehte den Zündschlüssel.

Der Weg vor ihm war frei.

Wieder dachte er an seine Visionen, an die Bilder des Chaos, und sein Lachen hörte sich an wie ein Knurren.

Sie kehrten zurück, er freute sich auf sie, und der Wagen schoß vor wie eine Rakete.

Morton war nicht mehr zu halten. Alraunes Todeskuß trug seine grausamen Früchte . . .

Die Tänzerin Maria Anzaro wohnte in einem Hotel der Mittelklasse. Wir hatten sie vom Wagen aus angerufen und mit ihr ein Gespräch verabredet. Dazu wollten wir uns in der Hotelhalle treffen, die an diesem Vormittag ziemlich leer war, leider auch düster, so daß sich ein Gast hier kaum wohl fühlen konnte. Hinter der Rezeption stand ein älterer Mann und sortierte die Post. Er schaute kaum auf, als wir das kleine Hotel betraten.

Maria hatte Wort gehalten. Sie saß in der Halle und trank Kaffee. In ihren weißen Jeans und dem roten Pullover mit V-Ausschnitt wirkte sie auf uns ziemlich fremd. Als sie uns begrüßte, wurde ihr Lächeln von der Furcht vor der Ungewißheit getrübt.

»Setzen Sie sich bitte. Auch einen Kaffee?«

Weder Suko noch ich wollten.

Maria schlug die Beine übereinander und lächelte, als sie meinen Gesichtsausdruck sah. »Sie fühlen sich nicht wohl hier, John.«

»Stimmt. Ich sitze zu tief und auch zu weich.«

»Nun ja, es ist kein Haus der Oberklasse, aber es läßt sich aushalten. Ich wohne hier für die Zeit meines Engagements.« Sie räusperte sich und kam zum Thema. »Sie haben meinen Bruder gesehen?«

»Das haben wir.«

»Und was sagen Sie?«

»Daß er tot ist, wissen Sie, Maria. Aber es hat noch einen zweiten Toten gegeben.«

»Wie?«

»Während seines Dienstes hat sich ein Mitarbeiter des Krankenhauses umgebracht.« Ich ging nicht auf Einzelheiten ein, sondern erklärte ihr statt dessen, wo der Mann seinen Arbeitsplatz gehabt hatte.

Maria schwieg. Sie überlegte sich die Antwort genau und schaute dabei in die Kaffeetasse, als würde sich auf der Oberfläche die Lösung allmählich abzeichnen.

»Glauben Sie denn, daß die beiden Vorgänge miteinander in Verbindung stehen?«

»Wir wissen es nicht.«

»Nehmen es an«, sagte Suko.

Maria räusperte sich. Mit einer Serviette tupfte sie über ihre Lippen und lehnte sich zurück. »Wie kommen Sie dazu, daß es so sein könnte?«

»Das mag an Ihrem Bruder gelegen haben«, erwiderte ich und lächelte etwas müde, als ich ihren erstaunten Blick sah. »Wir haben uns die Leiche Ihres Bruders genau angeschaut. Nicht allein, sondern zusammen mit einem Arzt. Er zeigte sich betroffen, denn durch ihn sind wir praktisch erst auf diese Vermutung gekommen. Der Mund ihres Bruders stand so weit offen, daß die Mundwinkel bereits eingerissen waren.«

Sie hörte zu, nickte und stellte trotzdem noch eine Frage. »Was haben Sie daraus gefolgert?«

»Wir zuerst nichts«, sagte Suko. »Der Arzt brachte uns auf die Idee. Er ging davon aus, daß diese Veränderung des Mundes durch eine Gewalteinwirkung geschehen ist.«

»An der Leiche?« Maria saß da, als wollte sie weglaufen, und sie hatte den Mund verzogen.

»Ja.«

»Wer tut so etwas?«

Diesmal redete ich. »Abgesehen davon, daß es auf der Welt nichts Schlimmeres gibt als den Menschen, möchte ich Ihnen sagen, zu welch einem Entschluß der Arzt gelangt ist.«

»Da bin ich gespannt.«

»Er war der Ansicht, daß sich aus dem Körper der Leiche etwas gelöst hat und durch den offenen Mund ausgetreten ist.«

»Moment mal. Wie war das?«

Ich wiederholte meine Worte.

Maria Anzaro war fassungslos. Sie senkte den Kopf und preßte ihre Hand gegen die Stirn. Sie konnte einfach nicht glauben, was sie da gehört hatte. Es war lächerlich, sie hob die Schultern und ließ sie wieder sacken.

»Ich habe Ihnen nur wiedergegeben, was uns gesagt wurde.«

»Natürlich, John, ich glaube Ihnen. Aber ich suche nach einer Erklärung, bitte sehr.«

»Wir ebenfalls«, sagte ich.

»Und – haben Sie eine gefunden?«

»Nein.«

»Der Arzt also auch nicht?«

»So ist es.«

»Tja«, murmelte Maria, wobei sie mit gespreizten Händen durch ihr dichtes Haar strich. »Da bin ich wirklich überfragt und auch überfordert. Da komme ich nicht mehr mit.«

»Kann ich mir denken«, meinte Suko. »Wir sollen davon ausgehen, daß wir rational keine Erklärung finden, wobei es eine Tatsache bleibt, daß sich etwas aus dem Körper hoch durch den Mund geschoben hat. Aber was es gewesen ist, darüber können wir nur mehr spekulieren. Jedenfalls kann Ihr Bruder magisch verseucht sein.«

Die Tänzerin dachte über die Erklärung nach. »Könnte man die Alraune mit einbeziehen.«

Suko nickte.

»Und wenn ich den Faden weiterspinne, mir dabei die Größe der Alraune vorstelle und zudem noch an den Mund denke, dann könnte es sein, daß sie sich aus dem Körper meines Bruders gelöst hatte.« Sie bekam große Augen und flüsterte »O Gott«, denn sie hatte sich über ihre eigenen Worte erschreckt.

Wir schwiegen.

Nur Marias Atmen war zu hören. Da wir nichts gesagt hatten, war sie schon mißtrauisch geworden und sagte: »Sie widersprechen mir nicht, meine Herren? Ich liege wohl nicht falsch mit meiner Meinung.«

»Nicht unbedingt«, gab ich zu.

»Mein Bruder«, flüsterte Maria, »mein Bruder hat sich immer mit dieser Alraune beschäftigt. Er hat sie von allen Seiten beleuchtet. Er ging dieses Thema als Wissenschaftler ebenso an wie als Mensch, der sich mit den Legenden beschäftigt, die sich um diese Wurzel ranken. Ich habe den Eindruck, als hätten die Legenden gewonnen. Demnach muß sich die Alraune in seinem Körper befunden haben – oder?« Sie blickte uns an, als wollte sie hören, daß es nicht stimmte. Den Gefallen konnten wir ihr nicht tun, wir nickten statt dessen.

Maria war sprachlos. Sie trank Kaffee, fing an zu weinen und murmelte dann: »Es ist alles so fremd, so nicht nachvollziehbar für mich. Ich komme damit nicht zurecht. Es ist eine andere Welt, obwohl ich Sie ja auf meinen Bruder gebracht habe. Wenn ich zusammenfasse, kann ich sagen, daß er die Alraune geboren hat.«

»Im Prinzip stimmt das.«

»John, mein Gott, wohin soll das führen?«

»Ich weiß es auch nicht. Wichtig ist nur, daß wir davon ausgehen und uns zudem damit abfinden müssen, daß diese Alraune irgendwo in dieser Stadt unterwegs ist.«

»Was könnte sie tun?«

»Keine Ahnung.«

Die Frau schluckte, ohne daß sie etwas gegessen hätte. Sie schaute auf die Tischplatte, strich wieder über ihr Haar und meinte: »Da ist noch eine Sache, die ich nicht ganz begreife, John. Sie haben von dem toten Mitarbeiter gesprochen.«

»Er beging Selbstmord.«

Eine Hand an der Stirn haltend und etwas lauernd fragte sie: »Mein Bruder hat also damit nichts zu tun?«

»Nicht direkt.«

»Wieso indirekt?« Sie hatte schnell kapiert. »Bringen Sie den Tod mit dieser Alraune in einen unmittelbaren Zusammenhang?«

»Das tue ich.«

»Und wie?«

Suko lachte leise. »Wenn wir das wüßten, hätten wir schon viel gewonnen. Leider wissen wir es nicht. Nach wie vor stehen wir vor einem Rätsel und sind auf Vermutungen angewiesen. Wir müssen davon ausgehen, daß es die Alraune geschafft hat, wie auch immer.«

Marias Stimme klang dumpf, als sie antwortete. »Wissen Sie, daß es mir schwerfällt, dies zu glauben?«

»Natürlich. Wir haben aber noch einen Schritt weiter gedacht. Wenn diese Alraune tatsächlich freigekommen ist, dann wird sie darauf bedacht sein, keine Spuren zu hinterlassen oder andere Spuren zu verwischen. Sie wird auch wissen, daß Sie, Maria, ein gutes und vertrauensvolles Verhältnis zu Ihrem Bruder gehabt haben, und sie wird sich ausrechnen können, daß er Ihnen einiges über seine Arbeit erzählt hat. Sie sind also informiert, und das kann ein Wesen wie diese Alraune nicht einfach hinnehmen. Das paßt nicht zu ihr.«

»Schon gut, Suko, ich weiß, worauf Sie hinauswollen. Sie halten mich für gefährdet.«

»Das ist etwas untertrieben.«

»Wieso? Ich . . .«

»Sie schweben unserer Meinung nach in Lebensgefahr«, präzisierte ich.

Maria rührte sich nicht. Sie dachte nach, sie räusperte sich dabei und fragte: »Können Sie mir das genauer erklären? Können Sie mir sagen, was ich tun soll? Ich habe einen Vertrag. Ich kann nicht einfach aus der Stadt flüchten und mich irgendwo verstecken. Ich muß diesen Vertrag erfüllen. Sie wußten doch. Die Schau muß weitergehen, denn wir sind Künstler, wir sind für das Publikum da.«

»Sie aus der Stadt zu bringen, hatten wir auch nicht vor, Maria. Das mit der Schau kann ich nicht beurteilen, wir wollten Ihnen nur die Situation vor Augen führen.«

Sie streckte sich im Sitzen. Dabei ballte sie die Hände zu Fäusten. »Und was soll ich tun?«

»Wir werden etwas tun«, erwiderte ich lächelnd.

»Sie wollen mich bewachen.«

»Bingo.«

»Immer?«

Ich schüttelte den Kopf. »Auch nicht immer öfter, aber einer von uns wird von nun an bei Ihnen bleiben. Mein Partner und ich haben bereits gelost, das Los ist auf mich gefallen, so werde ich Ihnen nicht von der Seite weichen.«

Maria winkte ab. »Ich weiß nicht, ob ich lachen oder weinen soll. Ich finde es ja toll, daß Sie so besorgt um mich sind, aber glauben Sie denn, daß es etwas bringt?«

»Wir wollen die Alraune fangen«, sagte ich.

»Schön, das will ich auch. Und ich will ebenfalls, daß der Tod meines Bruders endlich aufgeklärt wird. Ich kann sein, wo ich will, sie wird mich finden. Ist das so richtig, wenn ich davon mal ausgehe?«

»Stimmt genau.«

»Ich werde den Tag also so verbringen, wie ich ihn mir eingeteilt habe.«

»Gern.«

»Und Sie, John, werden dabeisein.«

»Das sollten wir versuchen.«

»Was ist mit Suko?«

»Ich werde erst am Abend erscheinen. Bis dahin bleibe ich im Büro und halte die Stellung, denn es ist durchaus möglich, daß diese Alraune wieder zuschlägt.«

»Woanders noch?«

»Bestimmt.«

»O ja!« stöhnte sie und schüttelte den Kopf. »Ich darf gar nicht darüber nachdenken.«

»Es wird schon klappen. Was hatten Sie denn jetzt vor?«

»Ich wollte etwas einkaufen und mich dann in meinem Zimmer hinlegen.«

»Tun Sie das.«

»Dann sind Sie damit einverstanden, John?«

»Warum sollte ich es nicht sein? Es reicht, wenn ich die Augen offenhalte. Alles andere wird sich dann ergeben, denk ich mal. Ist das ein Vorschlag?«

»Wie Sie das gesagt haben, bin ich dafür. Zumindest kann ich nichts Negatives daran entdecken.«

»Das meine ich doch.« Ich schaute auf die Uhr. »Wenn Sie einkaufen wollen, ich möchte Sie nicht daran hindern.«

»Okay, ich hole nur meinen Mantel aus dem Zimmer.« Sie schaute mich kokett an. »Soll ich das allein tun oder . . .«

»Ich fahre mit.«

»Wie Sie wollen.«

Maria ging schon vor. Ich brachte Suko noch bis zum Ausgang. »Was hast du für ein Gefühl?« fragte er.

»Ein böses, ein sehr böses sogar.«

Er nickte. »Du wirst lachen oder nicht lachen, aber ich denke ähnlich wie du. Da ist was herausgewachsen, das uns noch in verdammte Schwierigkeiten bringen kann . . .«

»Hooahhh!«

Ein besonderer Schrei drang aus dem Mund des Fahrers, als er das Gaspedal tief in die Bodenwanne drückte, und in seinen Augen stand für einen Moment ein Leuchten. Auf einmal fühlte er sich bereit, wie aus seiner alten Haut herausgerissen. Endlich konnte er frei sein und seinen Visionen folgen.

Der Wagen raste nach vorn.

Der kleine Corsa, noch immer vor ihm, kam irre schnell näher. Genau zu diesem Zeitpunkt hätte er abbremsen müssen, dann wäre die Kollision vermieden worden, das aber tat er nicht.

Er raste weiter und stellte sich vor, wie die Frau im Corsa reagierte, wenn sie im Innen- oder Rückspiegel plötzlich den viel größeren Wagen hinter sich sah.

Sie würde Angst haben. Sie würde schreien und vor Furcht vergehen. Nur schade, daß er es nicht hören konnte. So mußte er sich einzig und allein auf seine Vorstellungskraft verlassen.

Kein Bremsen, sondern Gas!

Die Katastrophe war voraussehbar. Morton raste voll in das Heck des kleinen Corsa. Plötzlich wurde der Wagen zu einem Tanzball. Er schleuderte nicht nur zur Seite, er wurde auch in die Höhe gerissen und dann nach rechts gedreht. Der Schwung war so groß, daß der Wagen kippte, aber auf der Seite nicht liegenblieb, sondern quer über die Straße rutschte, noch auf den Gehsteig hüpfte, wo Menschen in stummer Panik standen, zwei von ihnen von dem sich drehenden Fahrzeug mitgerissen wurden, bevor der Corsa in die Scheibe eines Schaufensters raste und diese vollständig zertrümmerte.

Noch immer hielt Morton das Steuer hart umklammert. Es gab ihm den nötigen Halt für seine Bewegungen, denn er hüpfte auf dem Sitz auf und nieder.

Wie in meinen Visionen, dachte er. Wie in meinen Visionen. Es ist alles so gekommen.

Sein Wagen hatte nicht viel abgekriegt. Okay, die Schnauze war eingedrückt, und die Stoßstange hing schief, doch der Wagen fuhr.

Was passiert war und nun noch passierte, lief alles sehr schnell ab. Morton jedoch erlebte es intensiv, als wäre die Zeit auf seiner Seite, um ihm eine Chance zu geben, alles noch einmal richtig durchzumachen, um es voll und ganz genießen zu können.

Er hatte noch in den Rückspiegel geschaut, weil Unheil indirekt durch ihn angerichtet worden war. Der kleine Corsa war bis in das Geschäft gerutscht und hatte dort zwischen all den Kleiderständern und Verkaufstischen ein Chaos hinterlassen. Auf dem Gehsteig lagen zwei Verletzte und schrien. Was mit der Frau im Opel geschehen war, wußte er nicht, es interessierte ihn zudem nicht, er würde seine Amokfahrt fortsetzen.

Er schaltete noch höher. Gab wieder Gas. Der Wagen machte einen Sprung nach vorn, er war zu einem Untier auf vier Rädern geworden, zu einer fahrenden Mordmaschine, denn Morton hatte sich bereits das nächste Opfer ausgesucht.

Gleichzeitig überkam ihn wieder die Vision. Ein anderes Auto schleuderte zur Seite, er selbst raste auf den Gehsteig und fuhr über ihn mit hoher Geschwindigkeit, ohne Rücksicht auf die Passanten zu nehmen.

Die Vision verschwand.

Die Realität hatte ihn wieder und damit auch der Blick auf den Wagen aus seiner Vision.

Es war ein neuer Rover, ihn nahm Morton aufs Korn.

Der Fahrer des Rover merkte, was sich da anbahnte. Er wollte ausweichen, auf die andere Seite, was bei dem Gegenverkehr nicht möglich war, also mußte er in der Spur bleiben, fuhr in seiner Panik Schlangenlinien, hupte, wollte andere Autos zur Seite scheuchen, doch deren Fahrer reagierten nicht schnell genug.

Morton war schneller.

Er rammte den Rover an der rechten Hinterseite. Kurz zuvor hatte er noch einmal Gas gegeben. Durch die Heckscheibe erkannte er, wie der Mann hinter dem Steuer nach vorn in den Gurt geschleudert wurde. Die Kontrolle über sein Fahrzeug hatte er längst verloren. Mit radierenden Reifen rutschte es auf die Gegenfahrbahn, wo es vor den Kühlerschnauzen der anderen Autos wie ein mächtiger Block erschien und dann in die fahrende Schlange hineinrammte.

Morton kurbelte wild am Lenkrad, weil er seinen Ford wieder in die Spur bringen wollte, was ihm nicht mehr gelang, denn da war irgend etwas an der Lenkung nicht in Ordnung, der Bordstein näherte sich unaufhörlich. Der Ford hüpfte drüberweg, was Morton mit einem Lachen begleitete und wieder Gas gab, als er mit allen vier Rädern auf dem Bürgersteig landete. Morton sah die Menschen vor sich wie Spielfiguren auf einer Bühne.

Sein Gesicht war verzerrt, die Augen weit geöffnet. Daß sich Alraune wieder in den Schatten des Fußbereichs verkrochen hatte, sah er nicht. Für ihn waren einzig und allein die Menschen wichtig, die sich blitzschnell entscheiden mußten, wenn sie dem Tod entgehen wollten.

Frauen, Männer und Kinder waren unterwegs.

Er hörte ihre Schreie an seine Ohren gellen. Er sah sie zur Seite spritzen.

Ein Mann lief völlig kopflos gegen den Wagen und wurde von ihm in die Höhe gewuchtet. Wo er landete, sah Morton nicht, er bekam auch nicht mit, ob er noch jemand mit auf die Reise nahm, er freute sich, er lachte, er war wie von Sinnen.

Er sah auch den Schatten.

Starr stand er vor ihm und traf keinerlei Anstalten, dem heranrasenden Wagen auszuweichen. Zudem hätte er so etwas nicht geschafft, denn als Laterne war er nicht beweglich.

Es kam, wie es kommen mußte, denn Morton dachte nicht daran, diesem starren Schatten auszuweichen.

Er raste dagegen.

Es war ein Schlag, den er kaum nachvollziehen konnte. Er hörte nur das Splittern und Platzen von Glas. Metall konnte plötzlich schreien, etwas wirbelte ihm entgegen, traf seinen Kopf, dann hatte er den Eindruck, sich zu drehen.

Tatsächlich war es sein Auto, das sich um den Laternenpfahl herumdrehte.

Wieder jaulte und kreischte das Blech. Es waren Laute in den höchsten Tönen, die in seinen Ohren schrillten, als sollte sein Kopf zerrissen werden.

Er lachte.

Er spürte Blut über sein Gesicht laufen. Den Mund hatte er weit aufgerissen. Etwas hatte seine Wade verletzt, sie blutete.

Blut rann ihm auch in den Mund. Er hing im Gurt, er hörte die Schreie der Menschen, in die sich das Heulen der Sirenen mischte, und er sah plötzlich, als er zur Seite schielte, die kleine Alraune wie durch einen dünnen Schleier.

Sie verzerrte ihr Gesicht zu einem Lächeln. »Das hast du gut gemacht«, lobte sie ihn.

Morton hob mit einer matten Bewegung seinen Arm. Er hatte sie festhalten wollen, sie aber entwischte seinem Griff und kletterte durch das Loch in der Frontscheibe nach draußen.

Dann war sie weg.

Niemand hatte auf sie geachtet, denn in der unmittelbaren Umgebung suchten die Menschen Schutz vor dem Kommenden. Sie hatte gesehen, daß Benzin ausgelaufen war. Es konnte sich sehr leicht durch die Hitze des Motors entzünden. Wenn das geschah, hatte die Hölle ihre Filiale auf dieser Erde hinterlassen.

Schlaff hing Morton im Gurt, das Gesicht von seinem eigenen Blut überströmt. Aus dem halb geöffneten Mund drangen stöhnende Laute, und er bewegte fahrig die Arme und Hände, denn er wußte, daß er sich losschnallen mußte.

Irgendwie fand er den roten Druckknopf; der Gurt schnellte hoch. Blaulicht warf seinen flackernden Widerschein in das Fahrzeug und malte das Gesicht des Mannes geisterhaft an.

Ich muß raus!

Er fand den Türriegel, drückte den Wagenschlag auf und hatte nicht die Kraft, sich abzustemmen.

Wie ein Stück Holz kippte er aus dem Wagen, schlug schwer auf und blieb liegen.

»Da ist dieser Hund!« brüllte eine Stimme, die sich fast überschlug.

Morton mußte lachen.

Er wunderte sich gleichzeitig über die Feuchtigkeit um ihn herum.

Es war kein Wasser, er lag nicht in einer Pfütze, das war Benzin, es stank auch so.

Die ersten uniformierten Helfer rannten mit ihren Feuerlöschern herbei. Sie kamen um Sekunden zu spät. Wie sich das Benzin entzündet hatte, wußte niemand.

Wichtig war nur, daß es sich entzündet hatte, und die Ohren des Liegenden umtoste plötzlich ein Brausen, in das einen Augenblick später eine mörderische Hitze hineindrang, der Morton nicht entkommen konnte. Sein Körper stand plötzlich in Flammen, er hielt die Augen trotzdem offen, starrte nach vorn und in die

Höhe, wo die Zuschauer wie weit hinter einem Vorhang standen.

Dann lachte er.

Es war ein fürchterliches Lachen, völlig unmotiviert. Aber es hörte auf und verwandelte sich in ein Geschrei, das den Zuschauern das Grauen näherbrachte.

Morton schrie noch, als die weißen Schaummassen aus den Feuerlöschern spritzten und ihn als auch seine brennende Umgebung erfaßten. Die Explosion blieb aus, da waren die Helfer zu schnell gewesen, doch das bekam Morton nicht mehr mit . . .

»Wo steckt denn John?« fragte Glenda, als Suko die Tür des Vorzimmers aufdrückte.

»Weg!«

»Wie weg?«

»Bei einer Frau geblieben.«

»O wie schön.«

»Sie stammt aus Spanien, heißt Maria Anzaro und ist von Beruf Tänzerin.«

Glenda hob ruckartig ihre Schultern. »Warum erzählst du mir das alles? Willst du mich ärgern?«

»Nein, ich wollte dir nur die Wahrheit sagen.«

»Schön. Und was sonst noch?«

Suko schaute auf die Uhr. »Sollen wir was essen gehen?«

»Ich nicht.«

»Aber du gehst mit?«

»Ja.«

Sie gingen zum Italiener, wo Suko sich einen großen Salat bestellte. Glenda, die eigentlich nichts hatte zu sich nehmen wollen, wurde schwach, als sie es sah. Sie bestellte sich ebenfalls einen Salat, nur kleiner.

»Jetzt weiß ich noch immer nicht Bescheid«, beschwerte sie sich und sprach ziemlich leise, weil sie nicht wollte, daß andere Gäste mithörten.

Suko nickte, trank von seinem Mineralwasser und sagte: »Es ist schon etwas kompliziert.«

»Ich liebe komplizierte Dinge.«

»Das ist dein Bier, Glenda.« Suko streckte die Beine aus. »Okay, hör zu, ich bin wirklich gespannt, was du dazu meinst.« Während er sprach, wurden die Salate serviert, doch darum kümmerten sich beide nicht. Suko beendete erst seinen Bericht und nickte Glenda über den Tisch hinweg zu. »So, jetzt bist du an der Reihe.«

»Was willst du hören?«

»Die Lösung natürlich. Wer hat mir denn gesagt, daß er komplizierte Dinge liebt?«

»So war das auch nicht gemeint.«

»Du bist also ratlos?«

»Etwas.«

»Wir auch.«

Sie stocherte in ihrem Salat, aß einige Stücke Thunfisch und auch Blätter, bevor sie sich zu einer Bemerkung durchgerungen hatte. »Ihr geht beide davon aus, daß diese Alraune aus dem Körper des Toten hervorgekrochen ist.«

»Daran denken wir.«

»Schön. Habt ihr auch daran gedacht, wie dieses Ding in den Körper gelangt ist?«

»Sicher. Nur haben wir keine Lösung gefunden. Wir können es uns nicht erklären.«

»Das ist bitter.«

Suko aß, während Glenda überlegte und sich zwischen der Nasenwurzel die berühmte Denkerfalte gebildet hatte. »Bitter, aber nicht unmöglich«, murmelte sie.

»Wie meinst du das?«

»Ich frage mich schon die ganze Zeit, wie sich eine

Alraune in dem Körper des Toten hat bilden können.«

Suko winkte mit der Gabel ab. »Nicht im Körper des Toten, Glenda, daran glaube ich nicht.«

»Meinst du vorher schon?«

»Ja.«

Sie schnaufte. »Das ist natürlich ein Ding, über das man nachdenken muß.«

»Da gebe ich dir recht.«

Glenda aß wieder. Mit noch vollem Mund murmelte sie: »Wie . . . wie kann so etwas geschehen?«

Suko hob die Schultern. »Es ist natürlich schwer, sich daran zu gewöhnen, aber Pietro Anzaro war Biologe mit dem Schwerpunkt Pflanzen. Die Alraune hat ihn besonders interessiert.«

»Ein Wissenschaftler also«, flüsterte Glenda. »Jetzt begreife ich noch weniger.«

»Du mußt da schon anders denken«, sagte Suko. »Er war ein besonderer Wissenschaftler, der nicht mit Scheuklappen durch die Gegend lief. Er hat sich auch um andere Dinge gekümmert. In diesem Fall war es die Legendenbildung, die sich um diese Alraune herum aufgebaut hat.«

»Man sagt ihr Kräfte nach.«

»Unterschiedliche. Für die einen ist die Alraune ein Schutz, für die anderen ist sie etwas Unheiliges, Böses. Man hat sie im klassischen Altertum als Zaubermittel und als Amulett eingesetzt. Dieser Glaube stammt noch aus dem Alten Testament, man führt ihn auf Moses zurück. Jedenfalls hat Pietro Anzaro dies auch nicht aus den Augen gelassen und muß sehr tief in die Materie eingedrungen sein.«

»Wobei wir vor einem Rätsel stehen.«

»Du auch?« fragte Suko grinsend.

Glenda wußte, daß sie wegen ihrer Bemerkung aufgezogen werden sollte, und sie verpaßte dem Inspektor einen leichten Tritt gegen das linke Schienbein. Dann kam sie auf etwas zu sprechen, an das Suko noch nicht gedacht hatte. »Hör mal zu.«

»Gern, ich höre.«

»Laß doch den Quatsch. Mir geht etwas durch den Kopf. Hatte die Alraune nicht noch einen anderen Namen?«

»Hm . . .«

Glenda lächelte. »Mir ist er soeben eingefallen. Man hat sie auch als Mandragora bezeichnet.«

»Stimmt.«

»Siehst du?«

»Aber bringt uns das weiter?«

»Keine Ahnung.« Glenda hob die Schultern. »Die Mandragora ist ein Nachtschattengewächs. Sie wirkte doch in ihrer Folge hemmend oder berauschend auf den Organismus des Menschen. Ich habe mal etwas darüber gelesen, man hat sie auch mit der Tollkirsche verglichen. Wer sie zu sich nimmt, sieht Gespenster oder Geister, hat Visionen und Halluzinationen.«

Suko runzelte die Stirn. »Bringt uns das weiter?«

»Keine Ahnung, aber«, Glenda tippte gegen ihr Kinn, »ich wollte auf etwas anderes hinaus.«

»Worauf denn?«

»Ich habe vorhin den Namen Mandragora genannt. Wenn du bei ihr den letzten Buchstaben durch ein -o ersetzt, hast du Mandragoro. Den kennst du ja.«

Suko nickte langsam. Er atmete auch stöhnend aus. »Ja, den kenne ich«, gab er zu.

»Könnte er uns helfen?«

»Der Umweltdämon, wie John ihn mal getauft hat?«

»Ist egal, wie er heißt. Man kann doch versuchen, Kontakt mit ihm aufzunehmen.«

Suko wiegte den Kopf. »Verdammt noch mal, ich weiß es nicht. Ich habe einfach keine Ahnung. Mandragoro ist, wenn ich das mal so locker sagen darf, ein komischer Typ. Man kann ihm nicht einfach Befehle geben. Er hat eben seine eigene Art.«

»Berede es mit John«, sagte Glenda.

»Zumindest werde ich ihm den Vorschlag machen. Das steht fest.«

»Und weiter?«

»Wie?«

»Gehst du am Abend ebenfalls in die Vorstellung?« fragte Glenda.

»Ja, das haben wir abgesprochen. Vier Augen sehen bekanntlich mehr als zwei. Und wir halten diese Alraune für eine verdammt gefährliche Feindin. Du hattest vorhin schon recht, als du von den Visionen gesprochen hast, die Mandragora mit auf den Weg bringt. Das gleiche könnte auch bei der Alraune der Fall sein.« Sukos Augen verengten sich. Er verfiel in eine Phase des Nachdenkens, aus der ihn Glenda mit einer Frage erlöste.

»He, was hast du?«

»Ich sehe den Selbstmord dieses Mitarbeiters in einem ganz anderen Licht.«

»Das mußt du mir erklären.«

»Es kann doch sein, daß er seine Reaktionen nicht hat lenken können.«

Glendas Augen blitzten. »Du meinst, daß er überhaupt nicht vorgehabt hat, sich zu töten und nur durch den Einfluß dieser Alraune dazu gekommen ist?«

»Gewonnen.«

»Das ist stark«, flüsterte Glenda. Sie schaute zu, wie Suko seinen Teller leerte. »Das ist eine echte Alternative.«

»Meine ich auch.«

Sie blieben nicht mehr lange. Suko übernahm die Rechnung, dann wurde es Zeit, um wieder im Büro zu erscheinen. Zudem wollte Suko auch mit seinem Freund John Sinclair Kontakt aufnehmen, um mit ihm über die neuen Theorien zu diskutieren.

Es kam zu keinem Telefonat. Kaum hatten sie das Büro betreten, als Sir James erschien. Seinem Gesicht war anzusehen, wie wenig freudig die Nachricht war, die er übermittelte.

»Gibt es etwas Neues, Sir?«

Der Superintendent setzte sich auf Glendas Stuhl. »Ich weiß nicht, ob es überhaupt direkt mit dem neuen Fall zu tun hat.« Er schwenkte eine gefaxte Nachricht, »aber es ist möglich. Es hat nördlich von Soho eine kleine Katastrophe gegeben, verursacht durch einen amokfahrenden Autofahrer. Zahlreiche Verletzte und Schwerverletzte hat es gegeben. Der Amokfahrer verbrannte, als ausgelaufenes Benzin Feuer fing. Daß er eine Spur der Verwüstung hinterlassen hat, darum wollen wir uns auch nicht kümmern, doch es existieren noch andere Punkte, die mich aufmerksam gemacht haben.«

»Welche?«

»Wir haben den Weg des Amokfahrers zurückverfolgen können, und wir wissen auch seinen Namen. Der Mann hieß Morton Graynor. Das ist nicht entscheidend. Wir haben nur festgestellt, daß er vor dem Unfall ein bestimmtes Krankenhaus anfuhr, um dort Waren abzuladen. Es ist genau das Haus gewesen, in dem Sie ermittelt haben, Suko.«

Der Inspektor schwieg. Er sah nicht das leichte Lächeln auf den Lippen seines Chefs. »Sie sagen ja nichts, Suko.«

»Ich bin überrascht.«

»Und ich auch. Machen Sie etwas daraus. Ich habe mit Kollegen gesprochen, um etwas über die Zeugenaussagen zu erfahren. Dieser Morton Graynor muß völlig durchgedreht sein. Nach einem unfallbedingten Stau raste er plötzlich wie ein Irrer los und war nicht mehr zu halten. Er nahm auf nichts Rücksicht, auch nicht auf Menschen. Er fuhr sie kurzerhand um. Daß es keine Toten gegeben hat, grenzt an ein Wunder.«

»Wie bei diesem Elliot Quinn.«

»Ja, Suko, die Parallelen sind eindeutig. Das wiederum weist auf eine Aktivität dieser Alraune hin. Sie muß es gewesen sein, die ihre Kräfte im Spiel gehabt hat.«

»Das klingt sehr sicher, Sir.«

Sukos Chef rückte seine Brille zurecht. »Ich bin mir auch sicher. Gehen Sie und John nicht des öfteren nach Ihrem Feeling, wenn Sie einen besonderen Fall behandeln?«

»Das schon.«

»Diesmal verlasse ich mich ebenfalls auf mein Gefühl. Ich bin sicher, daß ich damit richtig liege.«

»Das wollen wir hoffen.«

»Darf ich fragen, welche Pläne Sie und John haben? Wo steckt er überhaupt?«

»Er spielt einen Schutzengel.«

»Für wen?«

»Die Dame ist Tänzerin und heißt Maria Anzaro.«

»Aha.«

»Sie ist außerdem die Schwester des Toten. Und wir haben uns folgendes gedacht.«

Suko wiederholte abermals den Plan, von dem Sir James sehr angetan war. »Wenn es eine Möglichkeit gibt, Sir, diese Alraune zu finden, dann müssen wir mit dem Lockvogel arbeiten.«

»Das sehe ich ein. Aber Sie wissen auch, in welche Gefahr Sie die Frau bringen.«

»Sie hat trotzdem zugestimmt.«

»Das ist etwas anderes.«

»Sie will, daß der Fall, der auch ihren Bruder betrifft, restlos aufgeklärt wird. Sie und er haben sehr aneinander gehangen. Zudem darf sich die Magie der Alraune keinesfalls ausbreiten.«

»Tun Sie alles, damit dies verhindert wird. Falls Sie Unterstützung brauchen, geben Sie Bescheid.«

»Natürlich, Sir.«

Glenda und Suko wurden wieder allein gelassen. »Allmählich zieht der Fall Kreise«, murmelte Glenda. »Das hätte ich nicht gedacht. Es ist wie die berühmte Suche nach der Stecknadel in einem Heuhaufen. Oder weißt du, wie diese Alraune aussieht?«

»Nein.«

»Hast du dir auch keine Vorstellung davon gemacht?«

»Auch nicht.«

»Dann wird es verdammt schwer, sie zu finden . . .«

Suko widersprach nicht.

Das Hotelzimmer der Maria Anzaro war ebenso muffig wie die Halle unten und sah zudem aus, als wäre ein Sturmwind hindurchgefegt worden, der sich nur auf die Kleidung der Frau konzentriert hatte. Die Kleidungsstücke lagen verstreut im Raum, verteilten sich auf den beiden Stühlen, einem kleinen Sessel, dem Bett und lagen sogar auf der Ablage oberhalb der beiden großen Koffer.

»Ich bin schrecklich unordentlich, John, das müssen Sie mir schon nachsehen.« Sie deutete in den Raum hinein. »Wenn Sie sich setzen wollen, nehmen Sie einfach etwas weg.«

»Danke, das werde ich.«

Sie hatte es mir vor einer Viertelstunde angeboten. Ich war ihrem Vorschlag nachgekommen und hatte einen Sessel freigeräumt. Die beiden Blusen, der Rock und die Hose lagen jetzt auf dem Bett und hatten sich zu den anderen Klamotten gesellt.

Maria war unter der Dusche verschwunden. Ich hörte das Wasser rauschen. Sie wollte sich den Angstschweiß abwaschen.

Auch ich machte mir Sorgen, war an das Fenster getreten und hatte die Gardine zur Seite geschoben.

Der Blick aus der vierten Etage war nicht berauschend. Ich schaute auf die grauen Fassaden anderer Bauten. In der Tiefe zeigte das Pflaster ebenfalls einen grauen Farbton. Die Wolken hatten sich verdichtet, es sah nach Regen aus.

Alraune ... Der Name wollte mir nicht aus dem Kopf. Ich dachte auch an Mandragoro, den Umwelt-Dämon, und ich fragte mich, ob es Sinn hatte, ihn zu bitten, in diesem Fall einzugreifen.

Das eine oder andere Mal hatte ich mit ihm Kontakt bekommen. Ich wußte, daß er nicht zu meinen Feinden zählte, er hatte mich ebenso akzeptiert wie ich ihn, denn er wußte, welche Kraft mich trieb, meine Arbeit zu verrichten.

Nur mußte ich Rücksicht nehmen, er tat dies nicht. Er handelte nur in seinem Sinne. Daß dabei Tote auf der Strecke blieben, verstand sich von selbst. Dies wiederum konnte ich nur schwer akzeptieren, was Mandragoro nicht verstand. So blieb das Verhältnis zwischen uns beiden eben ziemlich gespannt.

Wenn diese Alraune auch nur ein wenig in seinem Sinne agierte, konnte ich von ihm keine Hilfe erwarten. Ich dachte darüber nach, wo sie wohl jetzt hätte sein können. Sosehr ich mir den Kopf zerbrach, es gab keinen Hinweis, man mußte sie schon locken, aber ich war mir sicher, daß sie irgendwann ihr Opfer finden würde. Dann mußte ich zur Stelle sein, um es zu beschützen.

Ich hörte das Rauschen der Dusche nicht mehr. Wenig später wurde die Tür des kleinen Bads geöffnet. Maria tappte ins Zimmer. Ein helles Handtuch umgab ihr Haar wie ein Turban, um den Körper hatte sie das etwas sehr kurze Badetuch geschlungen, und sie kriegte einen roten Kopf, als sie meinen Blick sah.

»Ich hoffe, Sie nutzen die Lage nicht aus, John.«

»Nein, wieso?«

Sie hob die Schultern. Das Handtuch verrutschte leicht in Höhe der Brust, und da konnte ich natürlich nicht wegsehen.

Maria errötete stärker, schnappte ihre Kleidung und verschwand wieder im Bad, um sich anzuziehen. Sehr schnell kehrte sie zurück, leichtes Rouge aufgelegt und die Haare im Nacken zusammengebunden. »Können wir gehen, John?«

»Sie wollen noch immer einkaufen?«

»Ich muß.«

»Gut. Und dann?«

»Wird soviel Zeit vergangen sein, daß wir in die Bar fahren können.«

»Wann haben Sie den ersten Auftritt?«

»Gegen zwanzig Uhr. Der zweite folgt zwei Stunden später, der letzte wiederum zwei Stunden später. Das genau ist der Rhythmus.«

»Ja, dann stehen wir es durch.«

Sie nahm noch ihren Mantel mit. Als sie die Tür ins Schloß drückte und den Schlüssel von außen umdrehte, zitterte sie und lehnte sich für einen Moment gegen mich. »Ich bin sonst keine ängstliche Person, John, aber in diesem Fall fürchte ich mich sehr.«

»Das kann ich verstehen.«

»Sie lachen mich nicht aus?«

Ich war einen Schritt zur Seite gegangen. »Nein – warum sollte ich das denn?«

»Weil die Männer immer die Starken spielen wollen.«

»Das mag sein. Ich habe da eine andere Meinung. In der Schwäche oder durch das Zugeben der Schwäche zeigt sich die wahre Stärke.«

Sie strich mit zwei Fingern über meine rechte Wange. »Sie hätten Philosoph werden sollen, John.«

»Nein, nein, ich bleibe, was ich bin. Da fühle ich mich schon wohler . . .«

Die Alraune war in den Menschen hineingetaucht wie in eine Höhle, und sie hatte sich dort festgesetzt, auch als er noch am Leben gewesen war. Und so hatte sie viel von diesem Menschen aufnehmen können, wobei es ihr besonders auf seine Gedanken angekommen war.

Er hatte es sich selbst zuzuschreiben. Er hätte den Schleim nicht trinken sollen, aber Pietro Anzaro wollte nun einmal diesen Weg gehen. Er hatte sich auch mit der anderen Seite beschäftigt und natürlich alles versucht. Er hätte gewarnt sein müssen, er hatte sehr viel gelesen, auch die sogenannten ›verbotenen Bücher‹. Schriften aus älterer Zeit, in denen über heilende und tödliche Kräfte verschiedener Pflanzen berichtet wurde.

Er war nicht nur bis an die Grenze gegangen, sondern auch darüber hinweggetreten. Mochte er auch davon profitiert haben, noch stärker war der Profit für die Alraune gewesen, denn in ihr steckte jetzt das Wissen eines Menschen.

Sie lächelte, als sie daran dachte, wie sie von ihm gefunden worden war. Jahrelang war er ihrer Spur gefolgt. In einem versteckten Tal in den Pyrenäen hatte er schließlich Glück gehabt. Da war er auf ein Feld mit Alraunenwurzeln gestoßen. Er hatte sie mitgenommen, und er hatte sich genau an das alte magische Rezept gehalten.

Er hatte sie in einem Mörser zerrieben, bis sie nur noch Staub gewesen war. Dann hatte er etwas Wasser und den Saft der Tollkirsche dazugegeben und hatte die alten Formeln aus der Keltenzeit gesprochen. Danach hatte er den Brei getrunken.

Sie war in ihm entstanden, jetzt war er tot, sie aber lebte. Mit all den menschlichen Vorzügen und ihren magischen.

Daß es allerdings für ihn so enden würde, damit hatte Pietro nicht gerechnet. Sie hatte sich in seine Kehle gedrängt, und er war qualvoll erstickt.

Das spielte für sie keine Rolle, denn positive menschliche Gefühle steckten nicht in ihr. Jetzt wartete sie auf das nächste Opfer. Pietros Informationen hatte sie gespeichert. Die Alraune war mit dem Wissen prall gefüllt, und sie würde es auch ausnutzen.

Der letzte Kuß war wieder ein guter Test gewesen. Sie hatte erlebt, wie der junge Mann seine Visionen in Taten umsetzte, und sie war sicher, daß ihm viele andere folgen würde. Mit Maria Anzaro wollte sie beginnen. Sie würde besonders schreckliche Qualen erleiden, das hatte sich die Alraune vorgenommen.

Sie wußte auch, wo sie Maria finden konnte. Die Frau arbeitete als Tänzerin in einem spanischen Club, und den hatte sich die Alraune als Ziel ausgesucht, wobei sie noch darüber nachdachte, ob sie nicht mehrere Küsse verteilen sollte. Wenn sich Gäste oder Bedienstete des Clubs gegenseitig angriffen und die Umgebung in eine Hölle verwandelten, würde sie sich über das Blutbad freuen.

Gesehen hatte sie niemand.

Es war ihr gelungen, unerkannt aus dem Wagen zu entkommen, und nun irrte sie durch London.

Sie wußte, wo sie den Club finden konnte. In Soho. Es war nicht sehr weit bis dorthin.

Niemand sah sie.

Das kleine Wesen verstand es hervorragend, sich zu verstecken. Stunden hatte sie Zeit, um auf ihren kleinen Beinen das Ziel zu erreichen. Obwohl sie selbst viele Menschen sah, hielt sie sich mit einem ihrer Küsse zurück. Es waren schon genug Spuren gelegt worden, sie wollte es nicht übertreiben.

Als ihr Ziel für einen normal großen Menschen nur noch wenige Gehminuten entfernt lag, verbarg sich die Alraune unter einem Treppenabsatz. Sie wollte sich ausruhen, vielleicht sogar etwas schlafen, denn sie war sicher, von einem Menschen *nicht* entdeckt zu werden.

Die Zeit verstrich.

Sie hörte im Halbschlaf Stimmen, aber sie vernahm auch noch andere Laute.

Das Tappen von Pfoten . . .

Die Alraune schreckte hoch. In ihre Rechnung hatte sich ein Fehler eingeschlichen. Von einem Menschen konnte sie kaum entdeckt werden, dafür von einem Tier, einem Hund oder einer Katze.

Was kam da?

Sie drehte ihren Kopf und schaute nach rechts unter dem Absatz der Treppe her.

Ein Tier schwarz wie die Nacht. Eben eine Katze, die etwas gewittert haben mußte.

Das Wesen rührte sich nicht. Wer es jetzt gesehen hätte, der hätte es für eine Steinfigur halten können, denn es bewegte sich nicht, abgesehen von den Haaren, mit denen der Wind spielte.

Die Katze schlich näher.

Geheuer war ihr nicht dabei. Der vor kurzem noch hochstehende Schwanz hatte sich gesenkt, berührte beinahe den Erdboden und zuckte von einer Seite zur anderen. Mit den grazilen Bewegungen eines Raubtieres kam sie näher.

Sie blieb so dicht vor der Alraune stehen, daß sie diese mit einem Hieb ihrer Pfote erwischt hätte. Das traute sie sich noch nicht. Aus ihren türkisfarben schimmernden Augen beobachtete sie die Alraune und wartete darauf, daß diese sich bewegte.

Sie tat es nicht.

Aber sie beobachtete das Tier, immer darauf bedacht, sofort zu handeln, wenn es nötig sein sollte.

Die schwarze Katze wußte nicht, was sie machen sollte. Noch beobachtete und schnupperte sie. Das Tier kam mit dieser Alraune einfach nicht zurecht, sie war ihr suspekt. Zudem strahlte das Wesen etwas ab, das die Katze störte.

Die Neugier siegte.

Die rechte Pfote hob sie kurz an. In diesem Moment wußte die Alraune, daß die Katze sie einer Prüfung unterziehen würde.

Ein kleiner Schlag nur, ein leises Platschen. Keine ausgefahrenen Krallen, noch nicht, das war erst beim nächsten Versuch der Fall, denn da kratzten sie über die linke Brust der winzigen Frau hinweg.

Und die schnappte zu.

Selbst die Katze, die wirklich schnell reagieren konnte, war diesmal nicht flink genug. Sehr kleine, aber ungemein starke Hände wühlten sich in ihr Fell, huschten weiter und umkrallten den Hals der Katze. Sie riß ihr Maul auf und schrie jämmerlich, doch in dieser Gegend kümmerte sich niemand um die Schreie eines Tieres.

Die klangen auch nur kurz auf, denn urplötzlich war die Zunge der Alraune erschienen und jagte wie ein gut gezielter Lanzenstoß in das offene Maul des Tieres.

Die Katze wollte beißen, was sie nicht richtig

schaffte, denn sofort quoll die Zunge auf. Statt dessen schlug sie mit den Pfoten um sich und versuchte, ihre Feindin zu zerkratzen, was dieser überhaupt nichts ausmachte.

Etwas spritzte in das Maul der Katze.

Sie begleitete es mit einem Fauchen. Das Tier zuckte unter dem Griff, und seine Bewegungen erlahmten. Es erschlaffte, wurde aber nicht so schlapp, als daß es sich auf den Boden gelegt hätte, um einzuschlafen. Die Alraune hatte die Katze losgelassen, die nun zitternd auf allen vieren stand und von der Alraune genau beobachtet wurde.

Bisher hatte sie die Wirkung ihrer magischen Säfte oder Alkine noch nicht in Verbindung mit einem Tier erlebt, und sie war gespannt, wie sich die Katze verhalten würde.

Noch tat sie nichts.

Sie stand zitternd auf ihren vier Beinen, als hätte man die Pfoten auf dem Boden festgenagelt. Das Fell war gesträubt, sie rollte mit den Augen, verdrehte sie, sah aus wie ein angeschlagener Boxer, taumelte jetzt, mal nach links, dann wieder nach rechts, knickte mit den Hinterpfoten ein, kam aber sofort wieder in die Höhe, um quasi zu explodieren.

Sie sprang in die Höhe, prallte gegen die Unterseiten der Stufenkanten, kreischte, fiel wieder zurück, drehte sich auf der Stelle und versuchte dabei, sich in den Schwanz zu beißen, was sie nach einigen Drehungen auch schaffte.

Die Alraune hatte sich nicht gerührt. Sie beobachtete mit wachem Interesse, wie sich die Katze weiterhin verhielt. Sie war nicht mehr normal. Das Gift der Alraune hatte auch bei ihr die nötige Wirkung hinterlassen, denn sie wollte ihren Schwanz nicht nur fangen, sie wollte ihn auch zerbeißen oder zerfetzen.

Immer wieder hackten ihre Zähne in den eigenen Schwanz. Haare wirbelten büschelweise durch die Luft. Die kahlen Stellen färbten sich dunkel, weil Blut aus den Wunden trat, und mit dem Schwanz zwischen den Zähnen warf sich die Katze auf den Boden und rollte sich dabei um die eigene Achse.

Urplötzlich lag sie still.

Nichts mehr erinnerte mehr an die Hektik und Wut der vergangenen Sekunden. Sie sah aus wie ein totes Tier, das aber täuschte, denn urplötzlich sprang sie wieder in die Höhe. Aus dem Mund drang ein Fauchen, und die Alraune starrte für einen Moment in das Gesicht der Katze. Sie sah die bösen Augen, die wie Spiegelbilder der Hölle wirkten, und das Tier riß seinen Mund auf, als wollte es gähnen.

Dann drehte es sich und rannte weg.

Nichts hielt sie mehr unter dem Treppenabsatz. Sie war verändert, besessen, was die Alraune mit einem kalten Lächeln zur Kenntnis nahm. Es hatte ihr Freude bereitet, die Katze zu verändern, und sie wollte auch noch zuschauen, wie sie sich weiterhin verhielt.

Deshalb lief das Wesen bis an die vordere Seite des Treppenabsatzes und schaute darunter hervor.

Der Gehsteig lag wie eine Bühne vor ihr. Sie sah die Beine der Menschen, und sie hörte auch das Kreischen der Katze, die wie von Sinnen war. Der Todeskuß hatte sie angriffslustig gemacht. Es war ihr egal, gegen wen sie kämpfte, sie ging allen und jeden an, dabei spielte es keine Rolle, ob es Menschen oder Tiere waren.

Einen größeren Hund schlug sie in die Flucht. Sie griff ihn an und verletzte ihn mit ihren Krallen in Augenhöhe. Der Hund rannte jaulend davon.

Halbwüchsige hatten die Attacke der Katze beobachtet und sich darüber amüsiert. Sie lachten, klatschten in die Hände, auch andere Passanten waren stehengeblieben, denn das Tier hielt sich auf dem Gehsteig auf und drehte sich.

Eine ältere Frau, die über ihr Haar ein Kopftuch gebunden hatte, stand da und bekreuzigte sich. Ihr war die Furcht anzusehen, sie erkannte hinter dem Verhalten der Katze alles, nur keine Normalität, und sie schlug ein Kreuzzeichen.

Die Katze sprang.

Auch Menschen waren für sie plötzlich zu Feinden geworden, und dann haute sie ihre Krallen gegen den Körper eines in Flatterkleidung steckenden Teenagers mit rot gefärbten Stehhaaren.

Das Mädchen schrie, schlug um sich, die Katze ließ nicht los. Am Stoff des Mantels stieg sie in die Höhe, sie wollte ihr an die Kehle.

Das Mädchen wich zurück. Es prallte gegen eine Hauswand, das Gesicht verzerrt. Der Schock löste sich erst jetzt, und die Kleine war in der Lage, mit beiden Fäusten zuzuschlagen. Sie hämmerte gegen den Katzenkörper, der die Schläge wegsteckte, sich zusammenkrümmte und einfach nicht loslassen wollte.

Die Spitzen der Krallen waren durch den Stoff bis auf die Haut gedrungen. Kleine Wunden, fingerlange Schrammen, das alles brannte, und die Katze machte weiter.

»Helf mir!« jammerte die Kleine. »Helft mir doch . . .«

Ein Mann erbarmte sich. Er stieß die Gaffer zur Seite. Es war ein ziemlich hellhäutiger Farbiger, der seine Hände um den Körper der Katze schlang und sie von dem Mädchen wegriß.

Mit dem kreischenden Bündel in den Händen drehte er sich um. Es machte ihm auch nichts aus, daß die Katze nach ihm schlug, er verfolgte einen bestimmten Plan.

Im hohen Bogen und noch über die Köpfe der Gaffer

hinweg schleuderte er das Tier auf die Straße. Die Katze klatschte auf das Dach eines roten Autos, hüpfte von dort weiter, prallte als kreischendes und zuckendes Bündel auf die Straße und fiel genau in eine Lücke zwischen zwei fahrenden Wagen.

Nichts rettete sie mehr.

Zweimal hörte der Fahrer ein dumpfes Geräusch. Einmal vor und einmal hinten am Rad.

Dann bestand das veränderte Tier nur mehr aus einer Mischung von Fell, Blut und Knorpel. Alles hatte sich als Brei auf der Fahrbahn verteilt. Der Verkehr lief weiter. Um die tote Katze kümmerte sich niemand. Auch nicht der Teenager mit den roten Haaren. Die Kleine lehnte an der Hauswand und heulte Rotz und Wasser.

Ihr Retter trat an sie heran. »He, bist du okay?«

»Scheiße«, sagte sie.

»Bist du verletzt?«

»Mein Mantel, der war neu.«

Der Mann verdrehte die Augen, winkte ab und verschwand. Wer an den Mantel dachte, konnte sonst keine Probleme haben.

Unter der Treppe stand noch die Alraune. Sie lächelte. Die dunklen Brauen zuckten. Sie hatte sich in der Rolle der Zuschauerin wohl gefühlt und war froh über den Test.

Nicht nur Menschen, auch Tiere wurden infiziert. Das ließ für die Zukunft hoffen.

Sie fühlte sich gut. So gut, daß sie sich darauf freute, dem Club einen Besuch abzustatten.

Und natürlich Maria Anzaro . . .

Es gab Mitarbeiter, deren Dienst früher anfing. Tommy Brown gehörte zu ihnen. Er war dafür verantwortlich, daß die Bar immer mit Getränken gut bestückt war, denn Pepe, der Chef, konnte sauer sein, wenn irgendwelche Dinge fehlten, sei es nun eine Orange oder eine Olive.

Tommy war kein Spanier. Seine Heimat lag auf den Bermudas. Welches Blut in seinen Adern floß, wußte er selbst nicht, jedenfalls zählte er sich zu den Farbigen, und das Besondere an ihm waren die großen Augen, die wie runde Spiegel in seinem Gesicht mit der Haut wie Milchkaffee wirkten.

Er war auch Chef der Schlüssel und konnte damit die Hintertüren aufschließen. Über einen kleinen Hof war er gegangen, öffnete die Tür und machte erst mal Licht.

Sah der Nachtclub vorn wie geleckt aus, so herrschte in den hinteren Räumen der Glanz des Alltags vor. Hier bestanden die Mauern aus Beton, der Boden war aus Stein, zeigte einige Risse, und an den Wänden stapelten sich Kisten mit Vorräten.

Von diesem Flur aus konnten auch die Garderoben erreicht werden. Dazu mußte Tommy eine feuerfeste Metalltür aufschließen, und sofort erreichte ihn ein anderer Geruch.

Eine Mischung aus Puder und Schminke sowie Parfümdunst wehte ihm entgegen. Mehrere Türen standen zur Auswahl. Nicht hinter allen lagen die kleinen Garderobenräume, sondern zwei von ihnen führten in die entsprechenden Buden.

Sie waren sehr klein. Wenn sich mehrere Menschen dort aufhielten, konnten sie sich kaum drehen.

Wie immer glitten seine Blicke über die an den Gangwänden hängenden Plakate, die allesamt verblaßt waren, so daß der Betrachter Mühe hatte, die Stierkampfszenen zu erkennen.

Tommy summte einen Hit vor sich hin, als er die Türen aufschloß. Seine Freunde und auch die Mitglieder der Familie hatten ihn für verrückt gehalten, als er von den Bermudas weg und nach London gegangen war, aber er hatte etwas anderes erleben und sich auch durchbeißen wollen.

Seiner Meinung nach hatte er das geschafft, denn in London konnte er leben, wie er wollte.

Sein Job wurde relativ gut bezahlt, und die Trinkgelder waren auch nicht zu verachten, denn wenn die Spanier die heimatliche Musik hörten, wurden sie oft sentimental. Da fiel ihnen der Griff in den Geldbeutel auch leichter.

Tommy schaltete überall das Licht ein und schaute nach dem Rechten. Nichts war anders geworden. Niemand hatte eingebrochen, es lief alles wunderbar. Dieser Abend würde ebenso verlaufen wie viele andere zuvor – dachte er und konnte nicht wissen, daß er sich irrte.

Auch er mußte sich umziehen. Das tat er nach seiner ersten Arbeit. Durch einen weiteren Flur, in dem auch die Toiletten für die Gäste lagen, betrat er die Bar. Er hatte dazu eine Schiebetür öffnen müssen und stand nun hinter der Theke.

Der Gastraum lag im Dunkeln. Auch hier nahm er noch den Geruch der letzten Nacht wahr, vermischt allerdings mit dem etwas scharfen Gestank der Putzmittel.

Er schaltete das Licht hinter der Bar ein, den großen Raum ließ er im Dunkeln.

Noch immer summend durchforstete er die Regale nach leeren oder nur halbgefüllten Flaschen. Waren die halbvoll, dann stellte er eine volle hinter die erste, und er hielt einen Kugelschreiber und einen Block fest, um die Namen der Getränke zu notieren, die er dann aus dem Lager holte.

Alles lief normal und gut. Es gab überhaupt keine Probleme. Sehr viel Nachschub an Getränken brauchte er nicht zu holen, dafür sah es mit dem Obst nicht mehr gut aus. In einem Kühlschrank lagerten die Südfrüchte, die am vergangenen Tag gekauft worden waren. Sie sahen noch frisch aus wie bei der Ernte.

Orangen, Zitronen, Kiwis, Oliven und Ananas schleppte er in einer Kiste hinter die Bar und verteilte sie dort auf die Kühlfächer. Er war mit sich sehr zufrieden, er lag auch gut in der Zeit, so daß er sich noch ein kleines Schläfchen gönnen konnte, bis Pepe, der Mixer, eintraf. An eine Gefahr dachte er nicht, er fühlte sich sicher, doch die Gefahr existierte.

Er sah sie nicht, dafür sah sie ihn.

Die Alraune hatte ihr Ziel erreicht. Genau im richtigen Moment, wie abgepaßt, denn als Tommy die hinteren Türen aufgeschlossen hatte, war sie ebenfalls in das Gebäude gehuscht und hatte sich sofort versteckt.

Aus sicherer Deckung hatte sie ihr ›Opfer‹ beobachtet und hatte dabei die Gier in sich gespürt.

Ja, sie gierte nach dem Kuß!

Aber sie ließ sich Zeit. Nicht um jeden Preis wollte sie ihn sich holen. Zunächst mußten die Voraussetzungen stimmen.

Der Mann war so ahnungslos. Sie beobachtete ihn bei seiner Arbeit und wartete ab, bis er alles eingeräumt hatte und einen zufriedenen Eindruck machte.

Alraune war gespannt darauf, was er noch tun würde. Sie stand an der Bartheke, war aber so klein und hielt sich zudem im Schatten auf, daß sie nicht Gefahr lief, schon früher entdeckt zu werden.

Tommy Brown verließ seinen Platz hinter der Bar, tänzelte an ihr vorbei und schaltete in dem großen Raum einige Lichter ein.

Die Tanzfläche blieb im Dunkeln, aber an den Wänden erhellten sich die Birnen unter den geschwungenen Lampenschirmen. Sofort gab das Licht dem Raum eine gemütliche Atmosphäre, und die frischen Decken auf den Tischen schimmerten wie Leichentücher.

Tommy ließ seinen Blick durch die Bar streifen. Er war mit seiner Arbeit zufrieden, was er durch ein mehrmaliges Nicken andeutete.

Dann zog er sich zurück.

Alraune blieb ihm auf den Fersen. Sie wollte wissen, wohin sich der Mann bewegte, denn sie suchte nach einer günstigen Gelegenheit, um ihm den Kuß zu verabreichen.

Tommy ging dorthin, wo sich die Garderoben befanden. Der Star, Maria Anzaro, hatte einen eigenen Raum. Tommys Berufskleidung hing dort, wo sich auch die Musiker ausbreiteten. Einen Schrank gab es nicht. Er hätte in den fensterlosen Raum auch nicht mehr hineingepaßt. Die Kleidung hing auf einem Ständer. Tommy hatte die Tür zwar geöffnet, sie aber nicht wieder hinter sich geschlossen. Spaltbreit stand sie offen, natürlich ideal für eine heimliche Beobachterin wie die Alraune.

Sie stand da und schaute zu.

Tommy hatte ein kleines Radio eingeschaltet, der Sender brachte Rockmusik, zog seine helle Jeans ebenso aus wie den dünnen Pullover und die Lederjacke.

Dann schlüpfte er in seine Berufskleidung. Die schwarze Hose, das weiße Rüschenhemd, das frisch gewaschen und gebügelt über dem Haken hing, und er griff auch zur roten Weste, die sein Outfit vervollständigte. So angezogen fühlte er sich schon wohler. Fehlten nur noch die Lackschuhe, die er hochnahm, den Staub wegblies und seine Arbeit mit einem kräftigen »Olé« beendete.

Dann zupfte er noch das Hemd und die Weste zurecht, griff nach dem Schlüsselbund und schloß die beiden hinteren Türen wieder ab. Ungebetene Gäste sollten die Bar nicht betreten, und man wollte irgendwelchen Zechprellern auch keine Chance geben.

Er war zufrieden.

Von seinen anderen Kollegen war noch keiner erschienen. Tommy schaltete das Radio aus und nahm eine an der Wand stehende, zusammengeklappte Liege weg. Er breitete sie auseinander und verzog das Gesicht, als er das Knacken des Metalls hörte.

Die Liege war so lang, daß sie soeben in den Raum hineinpaßte, ohne an die Wände zu kratzen. Das heißt, Platz war schon noch, aber man ärgerte sich eben über die engen Verhältnisse.

Tommy nickte.

Solange die Musiker noch nicht da waren, ging es ihm gut. Erst wenn die drei Kollegen sich umzogen, wurde es enger.

Er legte sich lang.

In diesem Augenblick fuhr die Zunge wieder wie ein schleimiger Schwamm aus dem Mund der Alraune hervor und bewegte sich um die Lippen herum.

Idealer konnte es für sie nicht kommen. Der Mann lag. Sie brauchte nur an die Liege heranzuschleichen, ein Sprung würde genügen, dann war sie an seinem Gesicht.

Der Kuß würde folgen.

Tommy fühlte sich wohl. Er hatte sich gestreckt und die Beine so weit gespreizt, wie es die Liege zuließ. Die Hände hatte er hinter seinem Kopf verschränkt, seine Augen waren gegen die Decke gerichtet, und Tommy spürte, wie er sich immer mehr entspannte. Er gehörte zu den glücklichen Menschen, die dies auch schafften, und nichts war für ihn erholsamer als eine Mütze voll Schlaf.

Die Augen fielen ihm zu.

Die Welt versank allmählich. Sie tauchte ein in die

Tiefe eines Schattenmeeres, und Tommy hatte das Gefühl, weggetragen zu werden.

Das merkte auch die Alraune.

Bis jetzt hatte sie abgewartet, gab auch noch einige Sekunden hinzu, und erst als die Atemzüge des Schlafenden noch ruhiger und gleichmäßiger wurden, huschte sie vor.

Eine kleine, nackte Frau mit ungewöhnlich bleicher Haut trippelte durch die Garderobe. Sie blieb vor der Liege für einen Moment stehen. Selbst um den Rand zu sehen, mußte sie ihren Kopf leicht in den Nacken legen, und sie sah über dem Rand den kompakten Körper des liegenden Mannes, der nichts, aber auch gar nichts, bemerkte.

Alraune freute sich. Sie streckte ihre kleinen Arme in die Höhe und umklammerte den Rand der Liege. Ihr Griff war hart und gut. Ein kurzes Zucken in den Schultern, dann schwang sie sich in die Höhe und blieb auf der freien Fläche zwischen dem Körper und dem Rand der Liege hocken, dem Atem des Mannes lauschend.

Er hatte nichts bemerkt.

Die Alraune lächelte. Ihr Mund zuckte auf. Einen Moment später huschte wieder die Zunge hervor wie ein in Blut getauchter Schlauch. Er wischte dicht über die Hüfte des Mannes hinweg, bevor er wieder im Mund des Wesens verschwand.

Alraune fühlte sich gut. Es hatte alles so wunderbar geklappt. Viel besser, als sie es sich hatte vorstellen können. Alle Mächte schienen auf ihrer Seite zu stehen, um ihr den nötigen Schutz zu geben. So und nicht anders mußte es sein. In der Garderobe war nur der Atem des Schlafenden zu hören. Alraune selbst verhielt sich still. Sie überlegte, wie sie es anstellen sollte, ob sie über die Brust des Farbigen laufen oder an seinem Körper entlanghuschen sollte.

Sie entschied sich für die Brust.

Sie wollte, daß er erwachte, denn sie wollte sich auch an dem Schreck in seinen Augen weiden. Ein kurzer Sprung zur Seite reichte ihr aus, um auf dem Mann zu landen.

Sie stand auf dessen Bauch, den Blick nach vorn gewandt. Zeigte er eine Reaktion?

Der Schläfer war nur kurz zusammengezuckt. Sein tiefer Atem hatte sich nicht verändert, und das Wesen lächelte wieder.

Es klappte alles vorzüglich.

Alraune setzte sich in Bewegung. Sie schritt oder balancierte wie eine Tänzerin über den Körper des dunkelhäutigen Tommy hinweg auf dessen Hals und dessen Mund zu.

Der stand halb offen. Aus ihm zischte die Atemluft wie aus einem schmalen Ventil. Das leichte Röcheln ließ die Lippen zittern, die Augen waren fest geschlossen, und als Alraune den breiten Brustkorb erreicht hatte, blieb sie für einen Moment stehen, den Kopf nach vorn gedrückt.

Das Gesicht lag wie auf dem Präsentierteller vor ihr. Im weichen Licht der Deckenleuchte sah es aus wie ein kompaktes Gemälde, über das etwas Wärme strömte, und die Alraune rieb ihre kleinen Hände.

Auf Zehenspitzen bewegte sie sich dem Hals entgegen.

Sie wollte einen nicht zu großen Druck ausüben, und sie überlegte, wie sie den Schläfer am besten wecken konnte.

In den Hals greifen, die kleinen Hände gegen seinen Adamsapfel drücken und ihm so die Luft nehmen.

Das war gut, das gefiel ihr.

Noch ein Schritt nach vorn.

Sie streckte die Hände aus.

Ihr Mund klaffte schon auf. Darin tanzte die Zunge wie ein dicker Blutschwamm.

Jetzt!

»Tommy!« Plötzlich gellte die Männerstimme auf. Sie klang etwas schrill und leicht ungeduldig. Sie war zugleich wie ein Trompetenstoß, der Halbtote aus ihrem Zustand gerissen hätte.

Selbst für einen Mann wie Tommy war er wie ein Signal, das in die Tiefen seines Unterbewußtseins drang. Er schnellte mit dem Oberkörper hoch, und Alraune, deren Hände schon griffbereit vorgestreckt waren, mußte die Arme blitzartig wieder anwinkeln.

Nicht nur das, sie mußte auch von dem Körper verschwinden, denn dieser Ruf hatte ihren Plan zunichte gemacht.

Sie stieß sich noch einmal ab, landete auf der Liegenkante, knickte dort weg und fiel wie ein Stein zu Boden. Sie landete auf dem Bauch und tat dann genau das Richtige, indem sie nicht zur Tür kroch, um zu verschwinden, sondern sich unter die Liege verzog, wo sie eine gute Deckung gefunden hatte.

Über ihr ächzte das provisorische Bett, denn Tommy hatte sich auf die Seite geschwungen. Seine Füße und der untere Teil der Beine erschienen im Blickfeld des magischen Wesens, und es hörte auch den erneuten Ruf.

»Tommy!?«

Diesmal lauter und auch unwirscher, so daß Tommys Arme nach unten zuckten, denn er hatte sich die Augen gerieben.

»Ich bin hier, Pepe!«

Harte Tritte, dann erschien jemand in der Tür, die ruckartig aufgestoßen worden war.

Die Alraune hatte sich so weit vorgebeugt, daß sie, wenn sie den Kopf hob, auch die Tür sehen konnte. Auf deren Schwelle war ein Mann erschienen. Er trug einen hellroten Smoking, ein schwarzes Hemd und am Kragen eine hellrote Fliege. Sein gebräuntes Gesicht zeigte einen leicht melancholischen Ausdruck, was an den Augen liegen mochte, deren Pupillen nicht nur dackelbraun waren, sondern auch so blickten. Auf der Oberlippe wuchs ein schmaler Bart. Das Kinn sprang eckig hervor und zeigte in der Mitte eine Einkerbung.

»Hast du geschlafen, Tommy?«

»Ja.« Der Angesprochene war aufgestanden und nickte schuldbewußt. »Aber meinen Job habe ich getan. Es ist alles eingeräumt, du wirst nichts zu kritisieren haben.«

Pepe warf ihm einen scharfen Blick zu. »Hoffentlich«, sagte er und drehte sich um. »Ich sehe dich dann an der Bar.«

»Natürlich.« Tommy wartete, bis er Pepes Schritte nicht mehr hörte, murmelte eine Verwünschung und strich dann seine Kleidung glatt, die durch das Liegen etwas zerknittert worden war. Dann bückte er sich, um die Liege wieder zusammenzudrücken und sie wegzustellen.

Damit hatte die Alraune gerechnet. Sie war darunter hinweggehuscht und hatte sich dort versteckt, wo die Anzüge der Musiker am Ständer hingen.

Die Alraune ärgerte sich. Sie hätte ihm gern den Kuß gegeben. Im letzten Moment war etwas dazwischengekommen, und sie beschloß, sich auch diesen Störenfried vorzunehmen.

Tommy Brown verließ die Garderobe. Wütend knallte er die Tür hinter sich zu und sperrte die Alraune damit ein.

Als Gefangene fühlte sie sich trotzdem nicht. Ihre Zeit würde kommen, sehr bald schon . . .

Maria Anzaros Einkäufe hatten doch etwas länger gedauert als angenommen, und ich war schließlich froh gewesen, als sie mir mit einem Lächeln erklärte: »Das ist es gewesen, John.«

»Und nun? Zum Hotel?«

Sie lachte und umfaßte meinen Arm. »Nein, das auf keinen Fall. Wir werden in den Club fahren.«

»Wunderbar, einverstanden.« Ich trug die drei Tüten und wirbelte sie in die Höhe. Damit deutete ich auf das Parkhaus, in dem wir den Wagen abgestellt hatten. Es lag nur ein paar Ecken entfernt und war in wenigen Minuten zu erreichen.

Als wir im Wagen saßen, lehnte Maria den Kopf zurück und legte die Hände aufs Gesicht. Ich hörte sie stöhnend atmen.

»Was haben Sie?«

Sie schüttelte den Kopf.

Noch startete ich nicht. Erst als die Hände nach unten gesunken waren, drehte ich den Zündschlüssel. Marias Aussehen wirkte ein wenig gestreßt, an den Mundwinkeln hatten sich scharfe Falten in die Haut gegraben, und unter den Augen lagen Schatten. Während wir um die Kurven fuhren, stellte ich die Frage erneut.

Sie versuchte es mit einem Lächeln, was ihr mißglückte. »Im Prinzip habe ich nichts, John. Mir geht es körperlich wohl, aber es gibt andere Dinge, die mir Sorge bereiten. Ich komme mir vor wie jemand, der aus einem anderen Leben wieder in die Realität zurückgesprungen ist. Ich weiß nicht, ob Sie das nachvollziehen können, aber . . .«

»Erklären Sie es.«

»Ganz einfach.« Sie schaute aus dem Fenster auf die vorbeihuschenden Wände. »Die letzten Stunden, die wir praktisch gemeinsam verbracht haben, waren wunderbar. Da habe ich alles vergessen können, was mich bedrückte. Ich habe mich nur auf das Einkaufen konzentriert und nicht mehr an die nahe Zukunft gedacht.«

»Das brauchten Sie auch nicht.«

»Doch, es ist mein Job. Ich muß mich auch damit befassen, daß mein Bruder tot ist und beerdigt wird. Jetzt kehrt alles zurück wie eine gewaltige Glocke, die sich über meinen Kopf gestülpt hat. Ich kann es kaum noch sortieren, ich bin einfach nicht in der Lage, etwas zu tun. Ich müßte mich schon jetzt mit meinem ersten Auftritt beschäftigen, das aber schaffe ich nicht. So etwas ist mir noch nie passiert, John . . .«

Ich hielt an der Schranke und streckte den Arm aus dem rechten Fenster. Ein künstlicher Mund schluckte unsere Karte, dann schnellte das Gitter in die Höhe.

Wir fuhren wieder an. »Wissen Sie, Maria, ich kann Sie sehr gut verstehen, aber ich meine auch, daß Sie, wenn eben möglich, diese Gedanken zur Seite drücken sollten. Zudem dürfen Sie nicht vergessen, daß ich an Ihrer Seite bin.«

»Da bin ich froh.«

»Eben. So sollten Sie es auch sehen und alles andere, was Sie belastet, von sich fernhalten.«

»Wenn es geht.«

»Denken Sie an mich. Und daran, daß ich die Augen offenhalte.«

Maria lächelte mich von der Seite her an und streichelte dann meine Wange. »Ja, das werde ich auch. Es ist lieb von Ihnen, John, daß Sie mir das gesagt haben.«

»Ich habe es auch ehrlich gemeint.«

»Das weiß ich.«

Der Stadtteil Soho, der längst nicht mehr so aussah wie zu Zeiten Jack The Rippers, verschluckte uns. Es war viel abgerissen und gebaut worden, nicht immer zum Vorteil. Dem Touristenstrom hatte dies allerdings nicht geschadet.

In Soho einen Parkplatz zu bekommen, war nahezu unmöglich. Aber Maria kannte sich aus. Wir konnten den Rover auf dem schmalen Hinterhof abstellen, der an die Rückseite der Bar grenzte. »Das ist der Parkplatz für Mitarbeiter«, hatte sie erklärt.

Wir fuhren in das spanische Viertel. Zahlreiche Restaurants und Läden reihten sich hier aneinander. Sie verkauften all die Dinge, die für die Iberische Halbinsel so typisch waren und Touristen anmachten.

Zum Hinterhof führte eine sehr schmale Einfahrt. Ich kam aus der Gasse hervor, und es gelang mir kaum, die Kurve zu schlagen. Beinahe wäre ich noch mit dem Außenspiegel an der Wand entlanggeschrammt, doch es ging alles glatt.

Den Rover konnte ich neben großen Müllcontainern abstellen.

Wir stiegen aus.

Der Geruch von Bratfett erreichte meine Nase. Über uns lag der Himmel wie Blei. Die Dämmerung würde sich nicht mehr viel Zeit nehmen, bevor sie das Land bedeckte.

»Können wir hinten hinein?«

Maria schüttelte den Kopf. »Nein, hier ist zumeist abgeschlossen.« Sie probierte es an zwei Türen und bekam sie nicht auf. »Dann nehmen wir eben den vorderen Weg.«

Ich trug die Tüten, wir gingen um die Blockecke, und wenig später schon wurden wir vom Licht der Leuchtreklame gestreift, die über dem Club flackerte.

Mit schlanken Leuchtstoffröhren waren dort eine Tänzerin und ein Flamenco-Spieler ›abgebildet‹. Die Tänzerin leuchtete in einem kräftigen Rot, der Musiker blaugelb.

Der Club war bereits geöffnet, und der Portier verneigte sich, als wir auf den Eingang zugingen. Es war noch ziemlich früh, deshalb würden nicht viele Gäste anwesend sein.

Wir betraten den großen Raum und stellten fest, daß wir so ziemlich die einzigen waren. Kein Tisch war besetzt. Nur an der Bar saßen zwei Männer, sie prosteten sich mit Tequila zu.

Auch die Musiker standen noch nicht an der kleinen Tanzfläche. Die Melodien strömten aus Lautsprechern. Weiche Gitarrenklänge, die so manchem Spanien-Fan das Herz aufgehen ließen.

Hinter der Bar standen zwei Männer. Ein Spanier und ein Neger. Beide wurden von Maria sehr herzlich begrüßt. Der Dunkelhäutige hieß Tommy, sein Kollege hörte auf den Namen Pepe.

»Ziehst du dich jetzt um?« fragte Pepe.

»Ja.«

»Gut, bis gleich. Ein Glas?« Er zwinkerte ihr zu.

Maria stützte einen Arm auf den Handlauf der Bar, überlegte und nickte dann. »Das könnte ich vertragen.«

»Sie auch, Señor?«

»Nein, danke, ich werde wohl später darauf zurückkommen.«

»Wie Sie wünschen.«

Maria bekam ihr Glas Champagner serviert. Sie faßte es mit spitzen Fingern an und drückte es an ihre Lippen. Dann trank sie.

Ich konnte ihr ansehen, wie sie das perlende Getränk genoß. Sie hielt die Augen halb geschlossen und gab sich voll und ganz dem ersten Schluck hin.

»Das tat gut«, sagte sie, als sie das Glas abstellte. »Das tat wirklich gut.«

»Es ist Ihnen zu gönnen«, erklärte ich lächelnd.

»Danke.«

»Geht es dir gut?« fragte Pepe.

»Sehr gut sogar.«

»Wir alle haben mit dir gelitten. Dein Bruder war ein guter Mensch, aber das Schicksal ist eben unberechenbar.«

Maria schlug die Augen nieder. »Da sagst du was, Pepe. Obwohl es geschehen ist und sich nichts daran ändern wird, kann ich mich damit trotzdem nicht abfinden. Ich habe immer wieder das Gefühl, als würde im nächsten Augenblick die Tür aufgehen und Pietro vor mir stehen. Aber das wird nicht mehr der Fall sein.«

Pepe hob die Schultern. »So ähnlich ist es mir mit meiner Schwester ergangen. Bei ihr war es ein Unfall. Man hat den Mann nie gefunden, der sie totgefahren hat. Zwei Jahre liegt das zurück.« Er schüttelte den Kopf. »So richtig bin ich darüber nicht hinweggekommen.«

Maria hob die Schultern, bevor sie nach ihrem Glas griff. »Dann auf die Lebenden«, sagte sie.

»Ja, auf uns.«

Maria leerte das Glas und nickte mir zu. »Kommen Sie mit in meine Garderobe, John?«

»Gern.«

Pepe und sein Mitarbeiter schauten uns schon seltsam an, als wir gemeinsam losgingen. Sie stellten jedoch keine Fragen, und wir verschwanden dort, wo der Glanz der Bar mehr zu einem Abglanz geworden war. Hier existierte kein schimmerndes Licht, hier waren die Wände kahl und wirkten wie angeschmutzte Spiegelflächen.

Wir unterhielten uns nicht. Maria fiel sehr wohl auf, daß ich hin und wieder meine Blicke streifen ließ, aber es gab kein Versteck, in dem sich die Alraune hätte verbergen können.

Vor ihrer Tür blieben wir stehen. »Und?« fragte sie. »Zufrieden, John?«

»Bis jetzt schon.«

Maria wollte die Tür aufdrücken, aber ich nahm ihr die Hand von der Klinke. »Lassen Sie mich das machen, bitte.«

»Warum?«

»Man kann nie wissen.«

»Alraune?«

»Möglich.«

Maria lächelte. »Es ist toll, daß ich Sie an meiner Seite habe. Ich hätte daran nicht gedacht.«

»Wissen Sie, Maria, wer so lange in einem bestimmten Job arbeitet, der kennt die Regeln.«

»Sicher.«

Die Tür schwang lautlos nach innen. »Der Lichtschalter ist an der rechten Seite, John.«

»Danke.« Ich hatte ihn bereits gefunden und den Kontakt nach unten gedrückt.

Unter der Decke erhellte sich ein Kreis. Zuerst flakkerte das Licht nur wie helles Wasser, dann stand es still, und die mir kalt vorkommende Helligkeit leuchtete jeden Winkel der kleinen Garderobe aus, in der es nicht anders aussah als in allen übrigen.

Die mit zahlreichen Tiegeln und Töpfen gefüllte Ablage, der breite Spiegel darüber, die Schminktücher, der Geruch von Puder und Parfüm und ein alter Sessel mit hellgrünem Bezug.

Die Alraune entdeckte ich nicht.

Ich drehte mich wieder um.

Maria hatte den Raum betreten. Sie stand da wie eine Fremde und nicht wie jemand, dem die Garderobe zur zweiten Heimat geworden war. Ihre Augen bewegten sich unstet. »Und . . .?«

»Nichts.«

Die Tänzerin atmete auf. »Toll«, sagte sie, »das finde ich toll, wirklich. Wir haben wohl Glück gehabt.«

Das wollte ich zu diesem Zeitpunkt noch nicht unterschreiben, sagte ihr aber nichts davon. Dafür schloß ich die Tür und fragte: »Wie geht es jetzt weiter?«

»Ich werde mich umziehen.«

»Gut.« Dabei schaute ich auf den Kleiderständer, an dem einige Kostüme hingen, aber von einem spanischen Folklore-Stil nicht abwichen. »Welches Kleid wählen Sie?«

»Ein knallrotes.«

»Warum?«

Maria hob die Schultern und lächelte. »Mir ist danach.«

»Dann tun Sie es.«

Sie faltete einen Paravent auseinander, so daß er eine Wand bildete. Ich nahm in der Zwischenzeit im Sessel Platz und wartete darauf, daß Maria fertig war. Das Kostüm hatte sie vom Bügel genommen und es über den oberen Rand des Paravents gehängt.

Es war ruhig geworden. Dann hörte ich das Rascheln der Kleidung, als Maria sich auszog. »Sie können auch das kleine Radio einschalten, wenn Sie wollen, John.«

»Nein danke, es reicht mir.«

»Wie Sie wollen.«

Ich streckte die Beine aus und dachte an die verfluchte Alraune. Wer und was sie war, bereitete mir große Probleme, und ich dachte dabei an ihre Größe. Als kleine Person konnte sie überall Verstecke finden.

Nur hier nicht – oder?

Ich fragte mich, ob ich sie gespürt hätte, weil ich mal davon ausging, daß sie eine magische Strahlung aussandte, auf die möglicherweise mein Kreuz reagierte.

Es war nichts zu spüren, abgesehen von meinem inneren Kribbeln, das aber hatte nichts mit der Alraune zu tun, ich schrieb es meiner eigenen Nervosität zu.

Warten und hoffen, daß sich etwas tat und die Alraune endlich zuschlug. Da war nichts. Alles lief seinen normalen Gang. Wieder raschelte der Stoff, als Maria das Kleid überstreifte. Dann erschien ihre Hand und schob den Paravent zusammen. Danach kam sie selbst.

Das Kleid war ein Traum.

Sehr weit ausgeschnitten mit einem engen Oberteil, und der Rock fiel wie eine große Glocke nach unten. Sein Saum endete in Höhe der Fußknöchel. Der Stoff selbst war mit zahlreichen Perlen und Stickereien verziert, und erst beim zweiten Hinschauen sah ich die dünnen Stoffe der beiden Unterröcke unter dem Saum hervorblitzen.

»Toll!« lobte ich.

Maria winkte ab. Sie bedankte sich trotzdem. »Hätten Sie mir das zu einer anderen Gelegenheit gesagt, ich hätte mich gefreut. Heute abend kann ich es nicht genießen.«

»Das müssen Sie anders sehen.«

»Vor allen Dingen muß ich mich zurechtmachen.« Sie deutete auf die Haut oberhalb der Brust und unterhalb des Halses. »Das alles ist viel zu hell, ich muß auch noch den Schmuck anlegen. Das wird alles eine Weile dauern und könnte langweilig für Sie werden.«

»Stimmt.«

Maria wunderte sich über meine direkte Antwort. »Wollen Sie nichts dagegen unternehmen?«

»Soll ich Sie allein lassen?«

Die Tänzerin lächelte. »Ich sehe Ihnen doch an, daß Sie wie auf heißen Kohlen sitzen. Mir würde es nicht anders ergehen, glauben Sie mir. Kommen Sie in einer halben Stunde wieder.«

»Gut, dann schließe ich die Tür von außen ab.«

»Wie Sie meinen. Nein, das ist nicht möglich.« Sie korrigierte sich selbst. »Ich habe keinen Schlüssel.«

»Das ist in diesem Fall nicht gut.«

»Glauben Sie denn, daß die Alraune so groß ist, um die Klinke zu erreichen?«

»Wenn sie springt, schon.«

»Im Gang kann sie sich nicht verstecken. Der ist zu kahl. Es gibt keine Winkel, keine Schattenlöcher. Hinzu kommt das Deckenlicht, das alles ausleuchtet und . . .«

»Okay, Maria, Sie haben mich überzeugt. Ich werde so schnell wie möglich wieder hier sein. Außerdem müßte Suko bald im Club erscheinen, dann sind wir zu zweit.«

»Und ich kann mich sicher fühlen.«

»Das hoffe ich doch.«

Ihre Augen bekamen einen besonderen Glanz, als sie lächelte und mir eine Kußhand zuwarf. »Bis gleich.«

Ich ging.

Ein reines Gewissen hatte ich nicht . . .

Maria Anzaro wartete, bis ihr Beschützer die Tür hinter sich geschlossen hatte. Dann ging sie mit tappenden Schritten zurück, bis sie den Stuhl vor dem Schminktisch erreicht hatte, auf dem sie sich langsam niederließ. Ihr Herz klopfte schon schneller, der Atem floß zischend aus dem halboffenen Mund, und sie spürte auch den Druck hinter der Stirn. Wenn sie ehrlich gegen sich selbst war, dann hatte sie dem Geisterjäger eine Komödie vorgespielt, denn so gut ging es ihr auch nicht. Aber sie brauchte die Minuten der Ruhe und das Alleinsein, weil sie möglicherweise nur so innerlich mit sich selbst ins reine kommen konnte.

Der Drehstuhl gab unter ihrem Gewicht nach. Sie drehte sich darauf ein wenig nach links, um in den Spiegel schauen zu können. Ihr Gesicht gefiel ihr nicht mehr. Maria hatte den Eindruck, als wäre sie in den letzten Stunden um einige Jahre älter geworden. Der

Druck war einfach zu groß gewesen. Zudem hatte er sich noch verstärkt, und es fiel ihr schwer, mit ihm fertig zu werden. Sie konnte ihn nicht kompensieren.

Wer immer auch versuchte, ihr Mut zuzusprechen – besonders John Sinclair –, dem war sie dankbar, aber er schaffte es nicht, sie voll und ganz zu überzeugen.

Hinzu kam noch etwas.

Im Gegensatz zu dem Oberinspektor war sie der Meinung, daß sich die Alraune in ihrer Nähe befand. Den Beweis für diese Theorie konnte sie nicht antreten, da mußte sie kurzerhand ihrem Gefühl folgen, und das reagierte sehr sensibel.

War sie in der Nähe – war sie es nicht?

Maria Anzaro kam sich wie eine Frau mit Fieber vor. Und sie fieberte auch einer Antwort entgegen, weil sie endlich wissen wollte, woran sie war. Die Tage der Ungewißheit gefielen ihr überhaupt nicht. Alles lief irgendwie quer, es paßte nichts mehr zusammen, ihre Gedanken purzelten durcheinander, und sie schaffte es kaum, sie auf einen bestimmten Punkt zu konzentrieren.

Mit den Händen strich sie durch ihr Gesicht, als wollte sie die Schatten unter den Augen wegwischen und die schmalen Sorgenfalten zwischen Wangen und Mundwinkeln vertreiben.

Es klappte nicht, und ihr Gesicht blieb, was es war.

Sie schaute sich die Haut über der Brust an, bevor sie zu einem weichen Tuch griff, das sie in eine bestimmte Creme tauchte. Damit schminkte Maria die Haut, denn im grellen Licht der Scheinwerfer hätte sie sonst ausgesehen wie eine Leiche. Dieser Vergleich ließ sie schaudern. Der Hals saß zu, er war trocken. Sie hätte gern ein Glas Wasser getrunken, aber die Reinemachefrau hatte alles abgeräumt, auch die noch halbvollen Flaschen.

Im Schminken hatte sie Routine. Es klappte alles

wunderbar, sie war mit ihrem Werk zufrieden und mußte sich anschließend um ihr Gesicht kümmern. Die Haut bekam das nötige Rouge, die Brauen wollten nachgezeichnet werden, ebenso die unmittelbare Umgebung ihrer Augen. Sie sah dann zwar etwas künstlich aus, doch das machte nichts, im Licht der Scheinwerfer wirkte sie völlig anders.

Die Schminkutensilien lagen in der Schublade des breiten Schminktischs. Gerade wollte Maria die Lade aufziehen, da bemerkte sie, daß sie ein Stück vorgezogen war.

Warum?

Maria dachte nicht weiter darüber nach. Es war durchaus möglich, daß sie die Lade in der gestrigen Nacht nicht richtig zugeschoben hatte. So etwas passierte schon mal.

Ein Ruck, die Schublade war offen.

Was dann geschah, glich einem Alptraum. Zum erstenmal in ihrem Leben entdeckte Maria, wie grausam das Schicksal sein konnte . . .

Ich hatte mich sehr genau auf meinem Weg in die Bar umgesehen. Nichts war mir verborgen geblieben. Jede Ecke hatten meine Blicke durchforstet, und es war mir nichts Verdächtiges aufgefallen. Kein Mensch, auch keine Alraune, doch ich atmete trotzdem nicht auf.

Von der Seite her betrat ich den Club und stellte fest, daß sich die Anzahl der Gäste etwa verzehnfacht hatte. Auch die Atmosphäre hatte sich verändert. Sie war nicht mehr so kalt und abweisend. Da machte es schon etwas aus, wenn eine Bar belebt war, und ich mußte zugeben, daß ich mich nun wohler fühlte.

Es leuchteten zwar die Lampen an den Wänden, ihr Licht aber blieb gedämpft und störte die Clubstimmung nicht. Die Gäste unterhielten sich. Ich hörte eigentlich Spanisch, hin und wieder ein Lachen der Frauen, und drei Musiker hatten ihre Plätze am Rand der Tanzfläche eingenommen und intonierten weiche Melodien.

Ich ging bis zur Bar. Suko hatte mich noch nicht gesehen, worüber ich mich schon wunderte. Eigentlich hätte er hier sein müssen. Pepe nickte mir lächelnd zu, als ich mich setzte. »Was möchten Sie trinken, Señor?«

»Ich weiß es noch nicht.«

»Sie sind Gast des Hauses, hat Maria gesagt.«

»Deshalb trinke ich nichts anderes. Ich nehme einen Bitter Lemon.«

»Sehr wohl.«

Er zog sich zurück, und ich drehte mich halb auf dem weichen Hocker, um durch den Clubraum bis hin zur Tür schauen zu können, wo Suko jeden Moment auftauchen mußte.

Die Tanzfläche war noch leer. Es drehten auch keine Gäste ihre Runden, und nicht weit entfernt von mir saß eine dunkelhaarige Frau, die mich hin und wieder anlächelte. Ich lächelte nur knapp zurück.

Pepe brachte mir den Drink. Als er ihn hinstellte, bat er mich, eine Frage stellen zu dürfen.

»Bitte.«

»Sind Sie Polizist, Señor?«

Ich hob die Augenbrauen, nahm aus einem Silbergefäß eine Mandel, knabberte daran und fragte: »Wie kommen Sie darauf?«

»Ich habe einen Blick.«

»Der Sie nicht getäuscht hat.«

Pepe lächelte schmal. Tommy servierte Getränke an den Tischen. Auch er lächelte, wenn er an uns vorbeiging, doch das alles kam mir irgendwie gezwungen vor, und es war Pepe, der dieselbe Meinung vertrat. Sich umschauend sagte er: »Das ist kein guter Abend, Señor.«

»Warum nicht?«

»Es ist schwer zu erklären.«

Ich trank und griff wieder nach einer gesalzenen Mandel. »Versuchen Sie es trotzdem!«

»Man kann es nur fühlen. Ich bin schon lange in diesem Geschäft.« Mit einem weißen Tuch wischte er Tropfen weg. »Da merkt man, wie der Abend laufen wird.«

»Wird er heute nicht gut laufen?«

»Nein.«

»Woran liegt es?«

»Ich kann es nicht genau sagen. An der Stimmung, an der Luft. Ja, ich würde sagen, daß eine schlechte Stimmung in der Luft liegt. Ja, das ist richtig. Hinzu kommen Sie.«

Diesmal lachte ich.

»Wieso ich?«

»Als Polizist. Sie sind bestimmt nicht zu Ihrem Privatvergnügen im Club – oder?«

Ich hob die Schultern.

»Also habe ich recht.«

»Möglich.«

»Müssen wir mit großem Ärger rechnen? Mit dem Überfall einer Gang etwa?«

»Nein, Pepe, das denke ich nicht.«

Sein Blick blieb weiterhin besorgt. »Sind Sie sicher? Ich meine, daß es in Soho gärt. Wo das Vergnügen eine Heimat gefunden hat, ist auch das Verbrechen nicht weit.«

»Das kann sein. Nur können Sie einen Überfall der Mafiaart wirklich vergessen.«

»Das beruhigt mich.«

»Wunderbar.« Jemand tippte mir auf die Schulter. Ich

drehte mich um und sah Suko, wie er grinste. »Ach nein, auch schon da?«

»Wie du siehst.«

»Setz dich.« Ich deutete auf den freien Hocker zu meiner Linken. »Was möchtest du trinken?«

Suko schaute in mein Glas. »Das gleiche wie du.«

»Bitter Lemon?«

»Ja.«

Pepe war schon unterwegs, um das Getränk zu holen. »Es hat wirklich lange gedauert.«

»Ich weiß, John, aber ich mußte noch am Krankenhaus vorbei. Man hat mich angerufen.«

»Ging es um Anzaro?«

Ich erhielt die Antwort erst, als Pepe das Glas hingestellt und selbst zurückgetreten war. »Ja, um ihn ging es. Sie haben ihn untersucht. Sie haben ihn aufgeschnitten.«

»Und was ist dabei herausgekommen?«

»Man hat innere Wunden gefunden.«

»Ach.«

Suko trank das Glas zur Hälfte leer. »Die Ärzte standen vor einem Rätsel. Wortwörtlich wurde mir erklärt, daß dieser Tote im Innern so ausgesehen hat, als hätte sich ein Fremdkörper darin breitgemacht und seine Spuren hinterlassen.«

»Und weiter?«

»Willst du Einzelheiten hören?«

»Ja.«

»Die hat man mir sicherheitshalber verschwiegen«, sagte Suko. »Sie müssen nicht gerade angenehm gewesen sein. Dieses Wesen hat in dem Körper des Toten getobt.«

»Als eine Alraune«, murmelte ich.

»Klar.«

Ich schüttelte den Kopf. Der Drink schmeckte mir

plötzlich nicht mehr. Ich schob das Glas von mir weg. »Wahrscheinlich hatte sich dieses von dem Gastkörper ernährt. Alles ist möglich, wir wissen es leider nur nicht.«

»Das denke ich auch« , sagte Suko. »Aber jetzt zu einem anderen Thema. Wie ist es bei dir gelaufen?«

»Nicht überragend. Es kommt darauf an, wie du es siehst. Maria lebt.«

»Das wollte ich auch gehofft haben. Hast du die Alraune denn entdeckt? Hat sie sich gezeigt?«

»Leider nicht.«

Suko blickte sich um wie ein scheuer Mensch. »Aber du bist davon überzeugt, daß sie nicht aufgegeben hat und sich bereits hier irgendwo versteckt hält?«

»Treffer.«

»Hast du alles durchsucht?«

»Bei dieser Beleuchtung?« Ich lachte leise. »Nein, das ist unmöglich. Ich weiß auch nicht, wo sich die Alraune verborgen hält und . . .«

Suko tippte mich an. »Dann solltest du nicht hier herumsitzen, sondern zu deinem Schützling gehen.«

»Das wollte ich gerade. Ich habe nur nachgeschaut, ob du Wort gehalten hast.«

»Witzbold.«

Ich rutschte vom Hocker. Inzwischen waren noch mehr Gäste erschienen. Soeben betrat eine kleine Gruppe, bestehend aus drei Männern und drei Frauen, den Club. Sie hatten Spaß, sie lachten und suchten sich den größten noch freien Tisch aus.

»Keine Sorge, John, ich halte die Augen offen.«

»Okay, und schau auch mal auf den Boden.«

Suko lächelte schmal. »Mach ich.«

Er blieb an der Bar, während ich ging und mit meinem Gefühl gar nicht einverstanden war. Es war nicht gut, leider auch nicht neutral. Es neigte sich eher zur anderen Seite, so daß ich mich schon darauf gefaßt machen konnte, Schlimmes zu erleben.

Ich nahm denselben Weg, den ich auch gekommen war. Der Gang kam mir noch kahler vor als beim ersten Durchlaufen. Es war schon ein Unterschied zu dieser Stimmung im Club, und ich begegnete auch keinem Menschen.

Das Deckenlicht ließ keine Verstecke zu. Hier konnte sich die Alraune nicht ungesehen aufhalten.

Aus einem plötzlichen Gefühl heraus beschleunigte ich meine Schritte. Ich mußte schneller gehen, und es war verdammt gut so, denn plötzlich hörte ich die Schreie.

Für die Dauer einer Sekunde blieb ich stehen, weil ich herausfinden wollte, wo sie aufgeklungen waren.

Es waren die Schreie nur einer Person.

Ich wußte Bescheid.

Maria!

Alraune sprang aus ihrem Gefängnis!

Lange genug hatte sie sich in der Schublade versteckt gehalten. Sie war sehr raffiniert gewesen und hatte genau darauf geachtet, was die Frau und der Mann gesprochen hatten. Und sie hatte auch gespürt, daß Maria einen besonderen Beschützer mitgebracht hatte. Dieser Mann, den sie nicht kannte, war seltsam. Er war ein Mensch, den sie nicht einordnen konnte. Sicher war nur, daß er nicht zu ihren Freunden zählte, und sie würde ihn entsprechend behandeln.

Durch ihre ausgezeichneten Ohren hatte sie sich orientieren können. Sie wußte nun Bescheid, wie alles gelaufen war, und sie hatte auch mitbekommen, wo Maria saß.

Direkt vor ihr.

Vor der Lade, wo sich ebenfalls Kosmetik, bestehend aus Cremes und anderem Zeug, verteilte. Puder, Pinsel, flache Tiegel, alles bildete ein Durcheinander, in dem sich die kleine Alraune alles andere als wohl fühlte.

Nur mußte sie den genauen Zeitpunkt für eine Aktion sehr gut timen. Und diese Sekunde war da, als Maria die Schublade aufzog und vor Grauen erstarrte.

Die Alraune hatte sich darauf vorbereiten können und flog der Frau entgegen.

Während des Sprungs und innerhalb dieser kurzen Zeit sah sie sehr deutlich das Gesicht der Person, das auf einmal zu einer erstarrten Maske geworden war. Maria konnte einfach nicht fassen, welch ein Schrecken ihr da lebendig entgegenstieß.

Maria hielt das scharfe Lachen für eine Einbildung, das war es nicht, denn Alraune hatte ihren Triumph hinausgelacht, weil sie sicher war, daß ihr das Opfer nicht mehr entwischen konnte. So etwas war noch nie passiert, sie war einfach zu gut.

Aber sie hatte diesmal Pech oder Maria hatte Glück im Unglück, denn mit einer zuckenden und selbst kaum nachvollziehbaren Bewegung drehte sie den Kopf zur Seite, und dieser plötzliche Schwung übertrug sich auch auf den fahrbaren Drehstuhl, denn der rollte gleichzeitig auch nach hinten.

Alraune erwischte ihr Opfer, aber sie erwischte es nicht richtig. Die Hände griffen zwar zu, rutschten jedoch am Hals ab und hinterließen rote Wunden, aus denen das Blut perlte.

Der eigene Schwung der Alraune wurde ihr zum Verhängnis, denn sie glitt über die Schulter der Frau hinweg und damit auch über die Lehne. Maria hörte, wie das kleine Wesen zu Boden fiel, und sie selbst sprang in die Höhe.

Der Stuhl rollte durch diese heftige Bewegung

zurück. Sie stieß sich noch an der Kante der offenstehenden Schublade den rechten Oberschenkel, ignorierte den Schmerz und hörte dafür das Fluchen der Alraune, denn der Stuhl hatte nicht gestoppt und war schwankend über den kleinen Körper gerollt.

Das brachte sie nicht aus dem Konzept. Damit konnte sie nicht vernichtet werden, und sie steckte auch noch immer voller Gier, die sie befriedigen wollte.

Sie sprang hoch.

Auch Maria saß nicht mehr auf dem Stuhl. In ihrer Panik war sie in die falsche Richtung zurückgewichen. Anstatt auf die Tür zuzulaufen, war sie mit der Schulter gegen den zusammengeklappten Paravent gestoßen, der diesem Druck nicht hatte standhalten können und umkippte.

Er rutschte an der Wand entlang, und dieses Geräusch riß Maria endgültig aus ihrer Lethargie.

Sie mußte weg.

Aber da war die kleine Frau.

Zum erstenmal sah Maria sie, und plötzlich fing es in ihrem Gehirn an zu arbeiten. Sie vollzog jetzt richtig nach, wer da vor ihr stand und wer möglicherweise im Körper ihres Bruders so parasitär gehaust hatte.

Eine nackte Frau, eine nackte Puppe mit schwarzen Haaren und dunklen Augen. Allerdings mit einem Körper, der so unnatürlich bleich war und an Holz erinnerte, von dem die Rinde abgeschnitten worden war, der sich aber trotzdem geschmeidig bewegte, denn mit zwei für ihn langen Schritten ging er auf die Tür zu.

Alraune versperrte der Tänzerin den Weg. Ihr Mund klaffte in die Breite. Durch den Spalt zwischen den Lippen strömte ein Geräusch hervor, das an das Knurren eines wütenden Hundes erinnerte, und Maria schrak zusammen.

So klein dieses nicht erklärbare Wesen auch war, es

ging eine tödliche Gefahr von ihm aus, und Maria durfte es auf keinen Fall unterschätzen. Sie konnte ihren Blick nicht vom Gesicht der winzigen Frau abwenden. Und dort interessierte sie besonders der Mund, der eine andere Form annahm und sich weiter öffnete.

Ein Loch entstand, das aussah wie der Eingang zu einer kleinen Höhle. Nur bewegte sich in dieser Höhle etwas. Es war klumpig, es tanzte herum, es war dunkel, es war zugleich dick, und es zuckte plötzlich hervor.

Maria erschreckte sich derart, daß sie den Schrei nicht unterdrücken konnte.

Eine lange, im Vergleich zum Körper riesige und auch dicke Zunge war aus dieser Öffnung geschlagen, klatschte sogar auf den Boden wie der Schwanz einer Katze, als wollte ihr die Zunge durch diesen Schlag erklären, daß sie hier nicht mehr wegkam.

Sie huschte wieder zurück in den Mund hinein und bewegte sich dort im Kreis, was Maria an den Wangen der kleinen Person erkannte.

Die Alraune sprang hoch. Sie hüpfte einmal, dann ein zweites Mal – und sie stieß sich ab.

Diesmal riß Maria die Arme hoch. Sie stemmte ihr die Handflächen entgegen. Scharfe Krallen rissen über das Fleisch, sie fetzten es auf. Aus Wunden floß das Blut, und es fiel in Tropfen zu Boden, wo es ein sternförmiges Muster hinterließ.

Die Arme sanken nach unten.

Freie Sicht für Maria.

Auch die Alraune stand wieder. Aber nicht mehr lange. Blitzartig warf sie sich vor, und nach diesem Sprung gelang es ihr, den Saum des Kleides zu fassen.

Mit ihren starken Fingern hielt sie sich daran fest. Sie zerrte und zupfte, und sie schaffte es tatsächlich, an dem langen Rock in die Höhe zu klettern.

Maria Anzaro war im ersten Moment nicht fähig, etwas zu unternehmen. Sie stand da und stellte nur fest, wie schnell die Alraune in die Höhe kletterte. Es war nur eine Frage der Zeit, bis sie ihren Hals erreicht hatte.

Und dann? Was würde dann geschehen? War das der Anfang vom Ende, der Schritt in den Tod?

Sie dachte plötzlich an John Sinclair. Es war doch falsch gewesen, daß er zurück in die Bar gegangen war. Er ahnte nicht, was hier vorging, doch diese flüchtige Erinnerung an den Mann hatte auch etwas Gutes. Ihr Entsetzen blieb nicht mehr stumm, es löste sich in einem irren Schrei, der auch draußen im Gang zu hören sein mußte.

Die Alraune kletterte weiter.

Maria schrie.

Sie hörte das Lachen des Wesens.

Sie schrie wieder.

Plötzlich flog die Tür wie unter einem gewaltigen Rammstoß auf!

Ich hatte die Tür aufgestoßen und sprang ihr hinterher.

Nahe des Paravents hielt sich Maria auf, vor Angst und Entsetzen völlig starr.

An ihrer Gestalt krabbelte etwas hoch, das im ersten Moment aussah wie ein riesiges Insekt, aber keines war, sondern ein winziges Lebewesen mit einem menschlichen Körper. Es befand sich ungefähr in Brusthöhe der Tänzerin und war dabei, noch weiter zu klettern, um ihren Hals zu erreichen. Es hielt keine Waffe fest, dafür stand das Maul offen, und aus ihm schlug eine lange, dunkelrote Zunge, die mich im ersten Moment an einen Schlauch erinnerte.

Sie war widerlich, sie glitt auf dem von ihr hinterlassenen feuchten Schmier über den Kleiderstoff hinweg und klatschte bereits oberhalb des Saums gegen die nackte Haut.

Marias Gesicht sah für mich aus, als würde es mich aus einem Zerrspiegel anblicken. Ich wunderte mich für einen Moment darüber, wie ein Mensch nur so verdreht schauen konnte. Da waren alle Proportionen verschoben, der Mund stand offen und schief, und ein Schrei schien, wenn es dann möglich gewesen wäre, auf den Lippen eingefroren zu sein.

Ich war schneller.

Der erste Sprung schon brachte mich bis dicht an Maria heran. Ich brauchte dieses Wesen nur von ihrem Körper zu pflücken, dann war die Sache erledigt. Irrtum, denn ich hatte es unterschätzt. Obwohl es mir den Rücken zudrehte, mußte es irgendwie geahnt oder gewußt haben, daß sich eine Gefahr näherte.

Plötzlich schnellte es herum.

Ich griff daneben, und dann stieß sich die Alraune ab und wuchtete ihren Körper auf mich zu. Das stumpfe Ende der Zunge klatschte gegen mein Kinn. Zugleich spürte ich den bösen Schmerz oberhalb des Mundes an den Wangen, denn dort hatten mich die spitzen Nägel erwischt und waren durch den Druck in die Haut und das Fleisch gedrungen.

Auch ich war kein Zombie, ich spürte den Schmerz wie jeder Mensch und vergaß meinen Vorsatz.

Das genau hatte die Alraune nur gewollt. Wie einen schnell fallenden Schatten sah ich sie nach unten springen, ich hörte sogar den Aufprall, trat instinktiv in die Richtung, erwischte sie aber nicht, denn schnelle, trippelnde Schritte machten mir klar, daß sie die Flucht suchte. Es sah alles günstig für sie aus, denn die Tür war trotz des heftigen Schwungs nicht wieder hinter mir ins Schloß gefallen. Sie stand für die Alraune wunderbar offen.

Dann war sie weg.

Ich hatte einen Fehler gemacht. Meine Hände waren hoch zu den Wangen geglitten, dann noch ein Stück höher, und so hatte ich mir das aus den Wunden quellende Blut nicht nur auf den Wangen verschmiert, einiges davon war leider auch in die Augen gedrungen und sorgte bei mir für eine Sichtbehinderung.

Ich kümmerte mich nicht um Maria, wischte die Augen einigermaßen frei und nahm die Verfolgung auf.

Am Türrand hielt ich mich fest, um genügend Schwung zu haben. Ich wirbelte in den kahlen Gang, rechnete eigentlich damit, die Alraune noch zu sehen, aber der Raum zwischen den kahlen Betonwänden war leer.

Nur die Musik hörte ich wie aus weiter Ferne, auch das Lachen der Frauen, aber das war eine andere Welt.

Ich durchsuchte den Gang trotzdem.

Nichts, gar nichts war von ihr zu sehen, aber winzige Blutstropfen, und deren Lage erklärte mir, welchen Weg die kleine Alraune genommen hatte.

Sie war dorthin gelaufen, woher ich gekommen war und konnte sich durchaus in der Bar versteckt halten. Eine bessere Chance gab es für sie nicht, dort war es schummrig, dort fand sie Deckung und konnte in Ruhe abwarten und alles beobachten.

Ich betrat die Bar nicht, denn jemand mußte sich erst einmal um Maria kümmern.

Sie stand nicht mehr nahe der Wand. Als ich den kleinen Raum betrat, hockte sie wieder auf ihrem Stuhl, breitbeinig, die Hände in den Schoß gelegt, den Kopf nach hinten gedrückt. Sie starrte die Decke an und atmete durch den offenen Mund.

Sie mußte mich gehört haben, nur reagierte sie nicht. Neben ihr blieb ich stehen. Aus den Augen kullerten

Tränen. Sie rannen wie kleine Glasperlen an ihren Wangen entlang.

Ich räusperte mich.

Ohne den Kopf zur Seite zu drehen, fragte sie flüsternd: »Sind Sie es, John?«

»Ja, wer sonst?«

»Danke.«

»Hören Sie auf.«

»Danke, daß Sie mein Leben gerettet haben.«

Ich gab keine Antwort, sondern nahm Papiertücher vom Schminktisch. Im Spiegel schaute ich mir die kleinen Wunden an den Wangen an. Sie bluteten schlimmer, als sie groß waren. Ich tupfte die unmittelbare Umgebung sauber und entdeckte sogar eine kleine Schachtel, in der sich Pflasterstreifen unterschiedlicher Größe befanden. Ich holte mir die entsprechenden Teile hervor und klebte sie über die Wunden.

Im Spiegel sah ich, daß sich Maria bewegte. Ihr Kopf sank langsam zur Seite und dann nach vorn. Sie betrachtete ihre Oberschenkel, und ich hörte sie sprechen. »Ich habe das Wesen gesehen, John. Es . . . es hat ausgesehen wie eine Frau. Es muß auch eine Frau gewesen sein. Hat sie . . . hat sie . . . in ihm gesteckt?«

»Ja.«

»In meinem Bruder?«

»So ist es.«

Sie weinte laut, und ihre Schultern zuckten dabei. Dann griff sie nach einem bereitliegenden Tuch und preßte es gegen ihr Gesicht. Ich ließ sie weinen, es mußte so sein, doch meine Gedanken beschäftigten sich bereits mit der nahen Zukunft und auch damit, wie es nun weitergehen sollte. Wir hatten zwar einen kleinen Erfolg erringen können, immerhin hatten wir die Alraune gesehen und wußten nun, daß dieses Wesen keine Einbildung war, aber wir mußten uns auch darauf gefaßt machen, daß sie so einfach nicht aufgeben würde.

Sie würde kämpfen, sie würde weitermachen, und deshalb mußte auch Suko Bescheid wissen.

»Können Sie noch etwas bei mir bleiben, John?« fragte Maria, während sie sich noch einmal die Tränen abtupfte.

»Ja.«

»Ich möchte mich nur zurechtmachen.«

Beinahe erschrak ich über die Antwort. »Sie wollen was, bitte, Maria?«

»Die Schau geht weiter, John. Ich kann nicht einfach absagen. Ich werde tanzen.« Sie blickte mich aus ihren feuchten und verschmierten Augen hart an. »Und Sie werden in meiner Nähe sein und dieses verfluchte Wesen zertreten, wenn Sie es sehen. Okay?«

»Ich verspreche es!«

Sie nahm meine Hand und drückte sie.

Der dunkelhäutige Tommy Brown lächelte Suko an und fragte: »Möchten Sie noch einen Drink?«

Suko lächelte, als er in sein leeres Glas blickte. »Gut, einen kann ich noch vertragen.«

»Sofort, Sir.«

Mochte der Platz an der Bar auch so gemütlich sein, er gefiel dem Inspektor trotzdem nicht. Immer wieder dachte er an seinen Freund John Sinclair, der schon ziemlich lange weggeblieben war. Irgendwann mußte ja auch die Tänzerin auftreten. Suko glaubte einfach nicht daran, daß sie ihre Nummer schmiß.

Der Club war gut besucht. Freie Plätze mußte man schon mit der Lupe suchen, und Suko drehte sich wieder um, als Tommy ihm den Bitter Lemon hinstellte.

»Auf Ihr Wohl, Sir!«

»Lassen Sie das Sir mal weg.«

»Ja, Sir.«

Suko lachte, aber er schaute in ein sehr ernstes Gesicht und hob fragend die Brauen. »Ist was?«

»Haben Sie einen Moment Zeit für mich, Sir . . . ähm . . .?«

»Klar, ich sitze hier.«

»Danke.« Tommy Brown nickte. »Eine Frage hätte ich da. Sind Sie auch von der Polizei?«

»Wieso? Sieht man das?«

»Nein, aber Ihr Freund . . .«

»Ja, ich bin es.«

Tommy schien nach dieser Antwort erleichtert zu sein. Jedenfalls sah er so aus. »Das ist gut, das ist sehr gut. Ich habe da nämlich ein Problem, über das ich bisher mit niemandem gesprochen habe, aus Angst, ausgelacht zu werden.«

»Dann tun Sie es mit mir.«

»Gern.« Tommy beugte sich vor. Er rollte seine großen Augen, um zu sehen, ob auch niemand zuhörte, aber die übrigen Gäste an der Bar waren mit sich oder anderen beschäftigt, und die beiden Hocker neben Suko waren aus unerfindlichen Gründen leer geblieben.

»Es geht darum, daß ich etwas gesehen habe.«

»Das haben viele.«

»Ja, ja, kann schon sein, Señor. Aber ich habe etwas ganz Unglaubliches gesehen.«

»So? Was denn?«

Tommy tippte mit einer Fingerspitze gegen die Kuppe des rechten Zeigefingers und berührte dann seine Armbeuge. »So groß ungefähr war die nackte Frau, die ich sah.«

Suko schwieg, was Tommy irritierte. »Warum sagen Sie nichts? Warum lachen Sie nicht?«

»Sollte ich das denn?«

»Dann glauben Sie mir?«

»Möglich.«

»Aber es gibt keine so kleinen Frauen.«

»Wenn Sie die doch gesehen haben.«

»Ja, das habe ich und . . .«

»Tommy!« Pepe hatte gerufen, denn an mehreren Tischen mußten Bestellungen entgegengenommen werden.

»Ich komme gleich wieder, Sir.«

Tommy beeilte sich wirklich, und Suko hatte kaum Zeit, sich über dessen Worte Gedanken zu machen. Natürlich hatte er sofort an die Alraune gedacht, eine kleine Frau, die durchaus im Körper eines Menschen parasitär hätte existieren können. Bei dieser Schlußfolgerung brach dem Inspektor schon der Schweiß aus, und er war gespannt, was ihm Tommy noch zu berichten hatte.

Der war wieder da. »So, ganz kurz nur. Sie . . . sie . . .«, er holte hastig Luft und zeigte dabei auf seine Kehle, »sie hat mich beißen wollen.«

»Wirklich?«

»Wenn ich es Ihnen sage. Ich wurde wach und sah sie weghuschen.«

»Wach wurden Sie?«

Tommy bekreuzigte sich. »Beim Namen meiner Mutter. Ich weiß, was Sie jetzt denken, aber ich schwöre Ihnen, daß alles der Wahrheit entspricht. Ich habe mir das nicht eingebildet oder geträumt. Das auf keinen Fall.«

»Ich habe nichts gesagt.«

»Klar, aber so ausgesehen, als hätten Sie es.«

»Bleiben wir bei der Sache. Was ist dann passiert, als Sie erwacht sind?«

Tommy bewegte beide Hände. »Sie ist davongehuscht – einfach so. Geflohen. Ich konnte nichts tun.«

»Wohin floh sie?«

»Das habe ich nicht sehen können. Aber sie existiert, ehrlich. Sie gibt es wirklich.« Er schauderte im nachhinein. »Ich sage Ihnen, das war ein Ding. Obwohl sie so klein war, habe ich mich wahnsinnig vor ihr gefürchtet. So etwas gibt es nicht. Das . . . das . . .« Er winkte ab. »Ich wollte es Ihnen nur gesagt haben.«

»Danke.«

»Und Sie halten mich nicht für verrückt?«

»Warum sollte ich denn?«

Tommy bekam einen starren Blick. Dabei sahen seine Augen aus wie weiße Laternen. »Ja, warum sollten Sie auch?« Er lachte. »Warum sollten Sie mich auch für verrückt halten?« Für ihn wurde es Zeit, sich um andere Gäste zu kümmern, das tat er auch. Zwar ging ihm noch eine junge, schlanke Frau zur Hand, aber der Laden war so voll, daß auch zwei Bedienungen beschäftigt werden konnten.

Zurück an der Außenseite der Bar hatte er einen sehr nachdenklichen Suko gelassen. Es gibt also einen Zeugen, dachte der Inspektor. Ein Mann hat das Wesen gesehen. Er hat Mühe gehabt, sich damit zurechtzufinden. Die Alraune ist also schon hier, und John ist . . .

»Suko«, hörte er die Stimme seines Freundes.

Er drehte sich um und sah mich.

Ich stand noch immer unter einem ziemlichen Druck, das sah Suko mir auch an, und er entdeckte die beiden Pflaster in meinem Gesicht sofort. »Was ist denn mit dir passiert? Hast du Maria irgendwie angegriffen? Ist sie sauer gewesen?«

»Nein, das war sie nicht.«

»Wer dann?«

Suko entnahm meinem Gesichtsausdruck, daß da nicht alles im Lot war. »Sag nur nicht, daß du auch . . .?«

»Es war die Alraune.« Ich setzte mich neben ihn. »Aber wieso fragst du das als . . .?«

»Der Keeper ebenfalls.«

»Los, rede!«

Das tat Suko mit wenigen Sätzen. Mein Bericht dauerte etwas länger. Zwischendurch nahm ich aus seinem Glas einen Schluck Bitter Lemon. Ich brauchte einfach einen anderen Geschmack im Mund. Letztendlich saßen wir beide da wie begossene Pudel, aber nur für wenige Sekunden, dann ging es wieder aufwärts.

»Fest steht, daß die Alraune geflohen ist.« Ich deutete zu Boden. »Du hast sie nicht gesehen?«

»Auf keinen Fall.«

Ich nickte vor mich hin. »Welchen Plan sie hat, wissen wir ja. Sie will an die Frau.«

»Und die möchte noch tanzen?«

»Ja.«

»Das ist Wahnsinn.«

»Weiß ich selbst, Suko, aber ich habe sie nicht davon abhalten können. Ich wollte dir nur Bescheid sagen, daß du die Augen noch stärker offen hältst.«

»Und wo willst du hin?« Er fragte es, als ich vom Hokker rutschte.

»Zu Maria zurück. Ich möchte sie nicht länger als nötig aus den Augen lassen.«

»Dann los!«

Ich war beruhigter, als ich durch den Gang lief. Mein Freund Suko würde seine Augen schon offenhalten, das stand fest. Und er wußte auch, wie er sich gegen eine derartige Person wehren konnte.

Mir kamen wieder die ungewöhnlichen Taten in den Sinn. Erst einmal das Herauskriechen der Person aus einem Toten, dann der Selbstmord des Krankenhausangestellten. Beides war schrecklich, es paßte nicht zusammen, und es gab trotzdem eine Gemeinsamkeit.

Wenn ich die gefunden hatte, war das Rätsel auch gelöst.

Ich fand Maria Anzaro vor dem Spiegel sitzend. Sie hatte sich wunderbar erholt und schenkte mir sogar ein fast normales Lächeln, als ich die Garderobe betrat.

»Wie fühlen Sie sich?« fragte ich.

»Besser.«

»Das ist gut.« Ich setzte mich wieder in den Sessel. Maria war dabei, die Augen nachzuzeichnen. Angestrengt blickte sie in den Spiegel und sagte: »Wissen Sie, John, ich habe mir gesagt, daß ich doch nichts tun kann. Ich habe Angst, aber ich werde tanzen. Vielleicht ist es ja möglich, daß ich durch den Tanz meine Furcht überwinde. Nicht umsonst ist das Tanzen auch Therapie.«

»Da widerspreche ich nicht.«

Sie tupfte und zeichnete weiter. »Was ist mit Ihnen? Haben Sie unsere Freundin gesehen?«

»Nein.«

»Das dachte ich mir.«

»Warum?«

Maria nahm zwei große goldene Ohrringe hoch, um sie anzulegen. »Sie ist schlau, und sie wird zuschlagen, wenn wir nicht damit rechnen.«

»Das ist durchaus möglich.«

Maria hustete leicht. »Sagen Sie, John, rechnen Sie damit, daß sie es tut, wenn ich tanze?«

»Wie kommen Sie darauf?«

»Es wäre zumindest spektakulär.«

»Das ist es.«

»Und?«

»Ich kann es Ihnen nicht sagen. Ich weiß nicht, ob die Alraune soviel Aufsehen will.«

»Ist auch egal.« Maria erhob sich. Sie drehte sich mir entgegen. »Na, wie gefalle ich Ihnen?«

Auch ich war nicht länger sitzen geblieben. Ich nickte und machte ihr ein Kompliment, denn sie sah wirklich gut aus. »Aber darf ich ehrlich sein, Maria?«

»Natürlich.«

»Ohne Schminke, ohne diese Perfektion haben Sie mir besser gefallen. Da waren Sie irgendwie menschlicher, denke ich.«

»Sehr gut ausgedrückt und auch treffend. Der Tanz ist nur ein Ausdruck. Eine Verkleidung. Ich bin da in eine andere Rolle hineingeschlüpft, und deshalb sehe ich auch anders aus. Ich fühle mich nicht super, John, das auf keinen Fall, aber wenn ich tanze, übernehme ich die Rolle voll und ganz. Dann bin ich eben eine andere, und das haben Sie und die anderen Zuschauer ja gesehen.«

»Sie waren toll.«

»Danke.« Sie lächelte etwas kantig. »Wir sollten jetzt gehen. Suchen Sie sich einen guten Platz, John.«

»Darauf können Sie sich verlassen.«

Sie lächelte abermals und hakte sich bei mir ein. »Wie heißt es noch in der Oper Carmen? Auf in den Kampf, Torero . . .«

»Meinen Sie das wörtlich?«

»Und ob, John . . .«

Pepe hatte ebenfalls alle Hände voll zu tun, als Tommy auf einen Wink hin zu ihm trat.

»Was gibt es denn?«

»So einiges. Schau mal hinten nach, ob wir noch genügend Tequila haben. Da sind einige Mexikaner gekommen, die bestellen wie die Wilden.«

»Da sind noch Flaschen.«

»Hol sie.«

»Alle?«

»Erst einmal drei.«

»Und wer bedient?«

»Juana übernimmt deine Tische solange, und ich werde auch einspringen. Es dauert ja nicht lange.«

»Gut.«

»Ach, da ist noch was«, sagte Pepe.

»So? Was denn?«

»Du hast ziemlich lange mit dem Polizisten zusammengestanden.« Pepe stellte Gläser auf ein Tablett. »Warum? Hat es irgendeinen Grund dafür gegeben?«

Natürlich war ein Grund vorhanden, den aber wollte Tommy seinem Chef nicht nennen. »Nein, eigentlich nicht. Wir haben nur geredet. Er fragte mich nach Maria. Wann sie auftritt und so.«

»Aha.«

»Sonst noch was?«

»Nein.«

Tommy ging. Er wußte nicht, ob der andere ihm geglaubt hatte oder nicht. Das war ihm auch egal. Er würde die drei Flaschen aus dem Lagerraum holen, und er hoffte, daß er anschließend etwas Ruhe hatte, denn Marias Auftritt stand dicht bevor. Wenn sie tanzte, faszinierte sie die Gäste. Die hatten dann nur Augen für sie und vergaßen ihre Getränke. So kamen auch die beiden Männer an der Bar zu einer kurzen Atempause.

Tommys Gedanken kreisten nach wie vor um die kleine Frau. Der Polizist hatte ihm geglaubt und ihn nicht ausgelacht. Er wußte nicht, wie er das werten sollte, aber er konnte sich vorstellen, daß der Chinese und sein Freund möglicherweise wegen dieser kleinen Person gekommen waren. Die war ja so etwas von ungewöhnlich und unnatürlich, darüber durfte man kaum nachdenken. Sie war einfach Wahnsinn, sie mußte das Produkt eines gefährlichen Experiments sein, sie war . . . sie war . . .

Er dachte nicht mehr weiter. Es hatte keinen Sinn, sich damit zu beschäftigen.

In die hinteren Räume des Hauses verirrte sich so schnell kein Gast. Tommy war schon bei seiner Ankunft im Lager gewesen. Da hatte er sich wohler gefühlt. Jetzt nicht mehr.

Er hatte einfach das Gefühl, nicht mehr allein zu sein. Etwas stimmte nicht mehr. Er kam mit gewissen Dingen nicht zurecht. Seine Gedanken drehten sich um den Begriff Gefahr, doch er konnte ihn nicht konkretisieren.

Natürlich spielte die Entdeckung dieser kleinen Person eine wichtige Rolle. Die Angst vor ihr steckte noch immer in Tommy, und sie war nicht geringer geworden. Sie saß fest, sie bohrte, sie war der berühmte Stachel, und öfter als sonst schaute er sich auf dem Weg zum Lager hin um. Es war alles normal, nur in seinen Gedanken nicht, denn ihm kam eine Geschichte aus seiner Heimat in Erinnerung. Er dachte daran, daß die Menschen vom Brennen der Seele gesprochen hatten. Und so etwas erlebte er auch hier. Seine Seele brannte. Es war die Furcht, die das Feuer um sie herum legte, aber es war keine normale Angst, die jemand empfindet, wenn er in eine gefährliche Lage gerät. Es war einzig und allein der Druck dieser Seele.

Als Tommy den Lagerraum betreten hatte, blieb er zunächst stehen. Er bückte sich noch nicht sofort nach dem Karton, um die Flaschen hervorzuholen. Dicht hinter der Tür schaute er sich um. Das Licht war nicht gerade strahlend, nur ausreichend, und er saugte auch den hier typischen Geruch ein.

Es roch nach Holz und Papier. Der Boden war grau, die Decke ebenfalls, obwohl sie vor Jahren einmal einen hellen Anstrich erhalten hatte. Der aber war im Laufe der Zeit nachgedunkelt.

Der Karton mit den Tequila-Flaschen stand auf einer kleinen Holzpalette. Er war schon offen. So brauchte Tommy nur die Flaschen herauszunehmen und sie zur Bar zu tragen.

Eine leichte, eine völig normale Arbeit. Etwas, das ihm tagtäglich widerfuhr.

Nun aber zögerte er.

Etwas paßte ihm nicht. Es war ein Gefühl, das ihn plötzlich umklammert hielt. Er versuchte es zu definieren, und ihm fiel der Begriff Eishände ein, die ihn festhielten.

Unsichtbare Klammern, die an seiner Kehle und an seinem Körper waren.

Schon gebückt stehend drehte er sich noch einmal um. Tommy erhaschte auch einen Blick auf die Tür. Dort stand niemand. Die kleine Frau mit der langen Zunge war ihm nicht gefolgt. Er stand allein, das ganze Theater bildete er sich nur ein.

Aus der Ecke holte er einen Korb. Darin ließen sich die Flaschen besser transportieren. Keine Sekunde länger wollte er sich zwischen diesen Wänden aufhalten. Seine Furcht hatte in den vergangenen Sekunden eine Steigerung erlebt, und seine Hände zitterten schon, als er nach den Flaschen faßte und sie der Reihe nach aus dem Karton holte.

Sie klirrten gegeneinander. Er stellte sie in den Korb. Mit drei Flaschen wollte er sich nicht zufriedengeben. Deshalb entschied er sich für die doppelte Menge. Zudem wollte er im Laufe des Abends nicht noch einmal laufen.

Es geschah, als er die fünfte Flasche in den Korb stellte. Was ihn warnte, wußte er nicht. Möglicherweise eine Ahnung, ein Geräusch, vielleicht auch nur sein Instinkt.

Tommy Brown fuhr herum.

Sehr heftig, sehr schnell, zu schnell, denn auf dem Boden rutschte er plötzlich mit der rechten Hacke weg. Da war auch kein Absatz, der ihn bremste. Plötzlich verlängerte sich sein Bein. Tommy ruderte noch mit den Armen, um das Gleichgewicht zu halten, der Spagat ließ sich nicht mehr stoppen.

Er landete auf dem Boden.

Und er sah den schmalen Schatten, der ihn anhechtete. Noch während des Falls hatte er ihn entdeckt. Da war er für ihn nicht mehr als ein Schatten gewesen, Sekunden später jedoch war dieser Schatten zu einer Person geworden, die er haßte.

Die kleine Frau war da.

Er hörte ihr spöttisches Lachen, und er spürte den Griff ihrer harten Finger, die sich in das dünne Fleisch an seiner Kehle klammerten. Sie waren gnadenlos, sie waren wie kleine Nadelstiche, und Tommy – noch immer unter Schock stehend – schaffte keine Gegenwehr. Die kleine Frau war schneller und kräftiger.

Gnadenlos hielt sie ihn fest. Sie schaffte es sogar, seinen Kopf zurückzudrücken und Tommy hörte die gezischten, aus ihrem Maul dringenden Worte: »Jetzt habe ich dich!«

Sie hatte ihn, und sie war so schnell. Bevor Tommy aus seiner Starre erwachte, riß die Person ihren Mund weit auf. Die lange, rote Zunge schoß aus der Öffnung hervor wie ein wuchtig geschleuderter Schlauch.

Nichts anderes hatte die Alraune gewollt. Einmal war ihr dieses Opfer entwischt, ein zweites Mal sollte es nicht passieren. Die Lippen öffneten sich automatisch, der Weg für die fremde Zunge in seinem Mund war endlich frei, und Sekunden später fühlte sich Tommy regelrecht ausgefüllt. Dieser Fremdling wirbelte durch seine Mundhöhle und raubte ihm den Atem! Es war mit einem Biß zu vergleichen, der irgend etwas zerstörte. Tommy lag auf dem Rücken, die Augen hatte er weit geöffnet, er sah über sich den zuckenden kleinen Körper, der auf eine so fürchterliche Art und Weise mit seinem Mund verbunden war.

Tommy hatte sich wehren wollen. Seine Arme hatten sich schon auf dem Weg nach oben befunden, nur war es ihm nicht gelungen, nach der Figur zu fassen.

Die Kraft war weg.

Seine Arme fielen nach unten. Mit den Ellenbogen stieß er gegen den harten Boden. An seinen Lippen hatte sich die andere Person regelrecht festgesaugt, als wollte sie ihn nie mehr loslassen. Er warf noch seinen Kopf von einer Seite auf die andere, schleuderte mit den Haaren über den rauhen Beton hinweg, hielt die Augen weit geöffnet, aber da war niemand, der ihm hätte helfen können.

Er wollte auch nicht.

Er lag da und wußte nicht, ob es Stunden, Minuten oder nur Sekunden gewesen waren. Aber er blieb nicht liegen. Irgendwann kam er zu sich. Wie ein Mensch, der nach einem langen Schlaf erwacht war und dabei geträumt hatte.

So und nicht anders erging es Tommy, der sich mühevoll zur Seite rollte, den Arm vorstreckte, ihn anwinkelte und seine Hand gegen den rauhen Beton drückte.

Es war eine Hilfe, die er brauchte, um auf die Beine zu kommen. Er wollte hier nicht liegenbleiben. Für einige Sekunden blieb er sitzen. Aus leeren Augen starrte er gegen die Tür, die nicht geschlossen war. Sie stand auch für ihn so einladend offen, wie sie für andere geöffnet worden war. Sein Gesicht verzerrte sich. Es war kein Lächeln, es war kein Grinsen, es war mehr eine Grimasse der Anstrengung, obwohl es ihm recht gutging, wie er selbst zugeben mußte.

Er drückte seinen Körper nach rechts, stemmte sich wieder ab, und diesmal kam er auf die Beine.

So blieb er stehen.

Tief atmete er durch. In seinem Kopf tanzte etwas, und er wußte nicht, was es war. Es konnten Gedanken sein, wobei er nicht in der Lage war, sie zu sortieren. Immer wieder kam ihm etwas dazwischen. Er spürte den Druck überall an seinem Körper, aber was mit seinem Kopf geschehen war, wußte er nicht.

Etwas kam ihm in den Sinn.

Es drang aus der Tiefe seiner Seele hervor, und es war so stark, daß es alles andere überschwemmte. Tommy starrte noch immer auf die Tür. Er hätte sie auch sehen müssen, was völlig normal gewesen wäre, und doch sah er sie nicht.

Etwas anderes hatte sich dazwischen aufgebaut. Es war ein Bild, eine Vision, ein Zerrspiegel des Schrekkens, und es war das, was er sich in seinem Innern aufgebaut hatte.

Er sah Blut, er sah sich selbst mit einem Eispickel in der Hand auf die Gäste einschlagen. Er beobachtete sich weiter, wie er durch den Club taumelte, den blutigen Eispickel in der Hand, und wie er dabei war, sich auf die Tänzerin zu stürzen.

Das alles kam ihm so ungewöhnlich plastisch vor. Es war überhaupt nicht so weit entfernt von ihm. Im Gegenteil, er freute sich darauf, es erleben zu können.

Tommy gab sich selbst genügend Schwung und ging vor. Sein Gesicht zeigte einen kaum mehr menschlichen Ausdruck, das Böse zeichnete sich darin ab, es war zum Spiegel der Seele geworden.

Tief holte er Luft.

Es ging ihm gut, sehr gut.

Und Tommy machte sich auf den Weg. Sogar den Korb mit den Flaschen nahm er mit . . .

Ich hatte Maria Anzaro begleitet und natürlich immer wieder meine Augen offengehalten, doch von dieser Alraune nichts zu sehen bekommen. Wir betraten den Club durch einen Eingang, der von einem Vorhang verdeckt wurde.

Er befand sich ziemlich dicht hinter den Musikern, die als Trio zusammenhockten, spielten und von den bunten Lichtreflexen einer sich drehenden Kugel unterhalb der Decke erreicht wurden.

Maria lächelte mich an. Sie drückte mir noch einmal meine Hand. Ihre war kalt und schweißfeucht. »Es geht jetzt los«, sagte sie. »Halten Sie mir die Daumen.«

»Sogar noch mehr«, sagte ich.

»Gut.«

Sie sprach einen der Musiker an. »He, Manuel!«

Der Mann spielte weiter, drehte nur kurz den Kopf. Sein schwarzes, nackenlanges Haar wirbelte dabei herum.

Maria hob die rechte Hand.

Für Manuel war alles klar. Mit einem letzten Akkord ließ er seine Gitarre verstummen, auch die anderen Musiker spielten nicht mehr weiter, und Manuel hatte sich erhoben. Er war an das Mikrofon getreten, um seine Ansage zu machen.

Die Gäste wußten schon Bescheid. Einige klatschten im voraus. Manuel bat um Ruhe. »Es ist soweit«, erklärte er nach einer allgemeinen Begrüßung. »Der Star des Abends, die Königin der heutigen Nacht ist erschienen, um Ihnen, verehrte Gäste, einen Tanz darzubieten, wie man ihn in dieser Perfektion nur selten zu sehen bekommt. Ich sage nur: Bühne frei für Maria!«

Beifall brandete auf, auch Manuel klatschte, nur Maria hielt sich noch für einen Moment zurück. Sie hatte ihre Hände zu Fäusten geballt, zitterte, dann aber war sie bereit und trat den ersten großen Schritt vor, hinein in das Licht eines auf sie gezielten Scheinwerfers.

Da sie an mir vorbei mußte und mich auch sah, schenkte ich ihr noch ein Lächeln. Es sollte sie aufmuntern und ihr sagen, daß sie nicht allein auf der Welt stand.

Ich war gespannt, wie sie den Tanz hinter sich bringen würde. Sie war eine Person, die von der Bewegung und auch von der Musik lebte, die immer mitging, die sich beidem voll hingab, und das wußten auch die Gäste, denn nicht wenige kamen nur ihretwegen.

Der Beifall wollte kaum enden. Viele Gäste waren aufgesprungen, und es gab schon jetzt Standing ovations.

Maria verbeugte sich einige Male, winkte dann ab, drehte sich zu Manuel hin um, der den ersten Akkord auf den Saiten seiner Gitarre schlug. Das Zeichen verstanden auch die Gäste. Der Beifall brach ab, man setzte sich wieder, und Maria, die auf der Mitte der Tanzfläche stand, begann mit ihrer Darbietung.

Ich wußte von ihr, daß der erste Tanz am längsten dauerte. Er war eine Riesenschau, die sie manchmal bis an den Rand der Erschöpfung brachte. Es war nicht einfach nur ein Tanz, bei diesem Stück erzählte Maria eine richtige Geschichte. Sie gab alles hin, ihren Körper und auch ihre Seele. Und der Tanz würde sehr langsam beginnen, sich dann aber steigern und in einem wahnsinnigen Finale enden.

Die erste Musik, die ersten Schritte.

Sehr langsam, aber äußerst schwierig zu gestalten, weil es so aussehen sollte, als würde sie schon jetzt den Boden kaum berühren und darüber hinweggleiten.

Das kam auch dem Thema des Tanzes sehr nahe, der die Geschichte von einer Feder oder von einem Blatt erzählte. Es segelte durch die Luft und geriet dabei in die verschiedenen Windströmungen, die Maria als Tänzerin nachvollzog.

Es war sicherlich wunderschön, daran gab es nichts zu rütteln, aber ich wollte nicht bis zum Ende der Darbietung an der Tanzfläche stehenbleiben. Für mich gab es noch andere Dinge zu tun, denn die Alraune hatte ich nicht vergessen.

Ich zog mich zurück.

Aus der Schachtel holte ich eine Zigarette und zündete sie mir an. Auf einem kleinen Umweg ging ich an die Bar, wo mein Freund Suko noch immer die Stellung hielt. Er war der einzige Gast, Personal eingeschlossen, der sich nicht für Maria interessierte, sondern immer wieder in verschiedene Richtungen schaute, besonders auf den Boden, denn nur dort konnte die Alraune seiner Meinung nach herhuschen.

Ich blieb neben ihm stehen. »Und? Hast du was entdeckt?«

»Nein.«

»Ich auch nicht.«

»Warum hast du Maria nicht zurückgehalten, John?«

Ich lachte leise. »Sie wollte es. Sie wollte unbedingt tanzen. Halte du einen hungrigen Tiger von seiner Beute ab. Da wirst du auch Schwierigkeiten bekommen.«

»Das kann sein.«

»Gesehen habe ich die kleine Frau bisher nicht.«

»Das dachte ich mir.« Ich drückte die Zigarette aus, denn ich konnte Sukos mißbilligenden Blick nicht vertragen. »Allerdings werde ich nicht hier an der Bar bleiben. Falls du mich suchen solltest, ich stehe nahe der Tanzfläche.«

»Wunderbar, dann halte ich hier die Stellung.«

Ich schlug meinem Freund auf die Schulter. »Bis gleich dann«, sagte ich.

Maria tanzte. Ich ging diesmal an der Bar entlang und konnte mehr als einen Blick auf die Künstlerin erhaschen. Sie war wunderbar. Ihr Körper hatte sich verändert, zumindest die Knochen. Sie schienen aus Gummi zu bestehen. Sie schwebte über die Fläche, und ihre Schritte hatten sich dem Rhythmus der Musik angeglichen. So und nicht anders bildete man eine perfekte Einheit.

Bevor ich das Ende der Bar erreichte, sah ich noch Tommy, den dunkelhäutigen Keeper. Er war verschwunden gewesen, kehrte jetzt zurück und trug einen mit Flaschen gefüllten Korb an der rechten Hand.

Sein Anblick war für mich normal, und ich dachte mir überhaupt nichts dabei . . .

Auch Suko hatte Tommy zurückkommen sehen. Er trug den Korb bis zu einer bestimmten Stelle hinter der Bar und stellte ihn dort ab. Wie gesagt, es war alles normal, kein Funke Mißtrauen blitzte in Suko hoch, und deshalb konzentrierte er sich wieder auf das Geschehen im Lokal und außerhalb der halbrunden Bar.

Tommy aber grinste.

Niemand sah es, weil er so gebückt stand und den Kopf noch vorgestreckt hatte. Es war eng, aber nicht zu eng, zwischen der Theke und der Wand, wo die Flaschen und Gläser standen oder in den unteren Schränken verpackt waren.

Pepe hatte Tommy keinen Blick gegönnt. Er war nur etwas zur Seite gewichen, um seinem Gehilfen den nötigen Platz zu schaffen, damit er an die Tür des eingebauten Kühlschranks herankam, wo die Flaschen ihren gut gekühlten Platz finden sollten.

Tommy hatte die Tür geöffnet.

Er tat es mit den gleichen Bewegungen wie immer,

aber er war trotzdem ein anderer geworden, was ihm äußerlich niemand ansehen konnte. In seinem Innern allerdings kochte es. Da waren die Visionen nicht verschwunden, nur zurückgedrängt worden, aber sie stiegen immer und immer wieder hoch, mal stärker, mal schwächer.

Er stand dabei im Mittelpunkt, war kaum mehr ein Mensch, sondern zu einem mordgierigen Tier geworden. Er sah das Blut, er sah die schreienden Menschen, die, von seiner gefährlichen Mordwaffe getroffen, von den Hockern kippten.

Er grinste stärker.

Der Ausdruck in seinen Augen hatte sich ebenfalls verändert. Er war so kalt wie eine Spiegelfläche, und er hatte den Eindruck, durch diese Augen die Visionen besonders deutlich sehen zu können. Die wolkigen Blutstreifen, die verzerrten Gesichter, das Schreien der Getroffenen, auch die Toten und Schwerverletzten.

Die Tür stand offen.

Kälte wehte ihm entgegen. Seine Hände bewegten sich hastig, als er die Flaschen einräumte. Er wollte es schnell hinter sich bringen, um an die anderen Dinge heranzukommen, die ihm viel wichtiger waren.

Die Musik im Hintergrund interessierte ihn ebensowenig wie Marias Tanz. Für ihn gab es andere Dinge. Um sie endlich in die Tat umsetzen zu können, mußte er nach dem Eispickel fassen, der ebenfalls griffbereit im Kühlschrank lag.

Man konnte ihn auch als eine kleine Hacke ansehen. Eigentlich war er überflüssig geworden, denn seit einigen Jahren schon war eine Eismaschine eingebaut worden, deren scharfe Messer das gefrorene Wasser auch schnell zerhackten.

Das alles war für ihn nebensächlich geworden. Mit einem besonderen Genuß stellte er die letzte Flasche in den Kühlschrank. Seine Hand griff wie eine Hühnerklaue nach dem Eispickel. Das Werkzeug war ungewöhnlich groß, und es bestand aus bestem Stahl.

Sein Lächeln wurde noch breiter, der Blick seiner Augen strahlender, als er den hölzernen Griff umklammerte. Durch die Kälte hatte er eine leichte Eisschicht bekommen, die unter der Wärme der Haut allerdings rasch wegtaute.

Es lief alles gut.

Mit der linken Hand drückte er die Tür wieder zu. In der Rechten hielt er die Waffe. Dann stellte er sich normal hin, den rechten Arm noch an der Seite herabhängend.

Vor ihm stand Pepe.

Er hatte sich leicht vorgebeugt und den Kopf nach links gedreht. Pepe wollte sich keine Figur des Tanzes entgehen lassen. Obwohl er die Darbietung jeden Abend dreimal sah, war er von ihnen fasziniert, und nicht nur Tommy wußte, daß Pepe in Maria verliebt war, er wußte aber auch, daß er keine Chancen bei ihr hatte.

So lasziv, wild und erotisch sich die Frau auf der Tanzfläche auch gab, so anders war sie im Leben, denn sie ließ sich so leicht mit keinem Mann ein.

Das hatte Pepe begriffen, und darunter litt er.

Tommy Brown schaute nach rechts.

Dort saß der Chinese.

Er schaute nicht in Tommys Richtung, interessierte sich aber auch nicht für Maria. Sein Blick wechselte einfach zu oft in die verschiedenen Richtungen, und Tommy wußte sehr genau, wen oder was er suchte. Es war die kleine Frau, die Alraune, die letztendlich alle beherrschte, wenn sie es nur wollte.

Bei Tommy hatte sie es gewollt.

Wieder drehte er sich.

Pepe stand jetzt vor ihm. Tommy leckte seine Lippen, als wollte er so die Vorfreude dokumentieren. In seinen Augen schimmerte eine wilde Mordlust. Er ließ sich durch nichts aus der Ruhe bringen. Die Visionen stiegen wieder vor seinen Augen auf, er sah das Blut in Wolken, dann verschwanden sie, und er konnte sich auf Pepes Rücken und dort vor allen Dingen auf den Nacken konzentrieren.

Tommy zielte mit den Augen.

Dann hob er den rechten Arm an.

Langsam, denn keinem sollte eine abrupte Bewegung bei ihm auffallen. Nicht zuletzt konnte der Polizist mißtrauisch werden.

Pepe merkte nichts.

Tommy war zufrieden, holte aus und gab seinem rechten Arm dabei eine leichte Drehung.

Dann schlug er zu.

Der schimmernde Stahl raste durch die Luft. Er fuhr von oben nach unten, dabei behielt er die Schräge bei und natürlich auch seinen anvisierten Zielpunkt.

Die eine Seite des Eispickels traf Pepes Nacken. Tommy schaute dabei genau zu, Mund und Augen lächelten, und er hoffte, seinen Visionen endlich als Tatsachen zu sehen. Er wartete darauf, daß Blut spritzte, nichts dergleichen geschah.

Zwar steckte der Eispickel im Nacken des Mannes, aber das Blut war kaum zu sehen. Nur an den Rändern rann es nach außen, wahrscheinlich war der Gegendruck des Stahls zu groß.

Pepe stand und stand trotzdem nicht. Er war nach vorn gesunken, die Arme waren dabei zusammengeknickt, und mit seinem Gesicht berührte er die Platte der Bar.

Zwei Gläser hatte er umgestoßen, mehr war nicht passiert, und es war keinem aufgefallen.

Tommy stand hinter ihm, den Griff des Eispickels noch immer festhaltend. Er wunderte sich darüber, daß Pepe nicht zur Seite hin wegrutschte oder noch tiefer in den Knien einsank. Er sah aus, als wäre er hinter der Bar eingeschlafen.

Aus Tommys Mund löste sich ein Knurrlaut, den aber nur er hörte. Er brauchte die Waffe und zog sie mit einem heftigen Ruck aus der Nackenwunde.

Jetzt sah er das Blut.

Es quoll aus der Wunde, als wäre eine Pumpe dabei, es von innen nach außen zu drücken.

War er tot? Lebte er noch? Rutschte er, oder rutschte er nicht? Diese Fragen beschäftigten Tommy nur für einen Moment, denn er dachte wieder an seine Visionen.

Heiß war ihm geworden, sehr heiß. Die Hitze aber drang aus dem Innern, sie kam nicht von außen.

Er fand den Platz hinter der Bar nicht gut. In seinen Vorstellungen hatte er andere Dinge gesehen, und die wollte er unbedingt in die Tat umsetzen.

Er konnte die Bar an zwei verschiedenen Seiten verlassen. Tommy entschied sich für die Seite, die dem Polizisten gegenüberlag. Er warf ihm noch einen Blick zu. Der Chinese schaute ganz woanders hin. Gut, sehr gut sogar.

Tommy schlich an Pepes Rücken vorbei. Er brauchte einen neuen Mord, er wollte, daß die Visionen wahr wurden.

Niemand achtete auf ihn.

Maria tanzte, und jeder Gast schaute hin. Es war ihr erster und gleichzeitig auch ihr längster Tanz. Tommy kam nicht auf den Gedanken, auf die Tanzfläche zu stürmen und Maria mit dem Eispickel anzugreifen, nein, da waren andere Dinge, die man ihm eingegeben hatte.

Er stand an der Bar.

Nicht weit entfernt wartete die zweite Bedienung. Das Mädchen hatte für ihn keinen Blick.

Sollte er – sollte er nicht?

Sein rechter Arm zuckte schon, als ihm einfiel, daß der Tod dieser jungen Frau in seinen Visionen nicht vorgesehen war. Er würde sich an die an der Bar sitzenden Gäste halten, damit hatte er genug zu tun.

Tommy näherte sich ihnen.

Nach zwei Schritten sah er den ersten Gast vor sich. Einen kleinen, ziemlich fetten Mann, glatzköpfig, dafür mit einem Vollbart. Ihm lief die Nase, und ein Taschentuch schien er nicht zu besitzen. Er hatte nur Augen für die Tänzerin und sah auch Tommy Brown nicht, der mit einer sehr sicher anmutenden Bewegung seinen rechten Arm hob – und zuschlug . . .

Je mehr Zeit verstrich, um so unruhiger wurde Suko. Er saß da, und es gefiel ihm überhaupt nicht, daß er die Alraune nicht sah. Er kam damit einfach nicht zurecht, denn diese Person mußte doch eigentlich etwas tun, sonst hätte sie ihre Existenzberechtigung verloren. Sie war vorhanden, Maria tanzte, ihr galt die Aufmerksamkeit der Gäste, und im Prinzip hatte die Alraune freie Bahn.

Trotzdem ließ sie sich nicht blicken.

Suko wollte nicht sagen, daß er die Welt nicht mehr verstand, doch seltsam war es schon.

Er griff nach seinem Glas. Ein Rest des Drinks bedeckte noch den Boden.

Er nahm den letzten Schluck und schaute dabei über den Rand des Glases hinweg und in den schmalen Raum hinter der Bar.

Dort befand sich Pepe.

Auch Tommy sah er. Allerdings hinter seinem Chef, und er bewegte sich auf das Ende der Bar zu.

Alle schauten zu, auch Pepe.

Tatsächlich?

Suko war etwas aufgefallen. Er hatte seinen Blick schon wieder durch das Lokal streifen lassen wollen, als er noch einmal zurückschaute, um zu sehen, was ihn gestört hatte.

Jetzt wußte er es.

Es war Pepes Haltung gewesen. So wie er da hinter der Bar stand, war es ihm beinahe unmöglich, auf die Tanzfläche zu schauen, auch wenn er den Kopf gedreht hielt. Zudem blickte er nicht mehr über den Rand hinweg, er stand zu tief.

Da stimmte etwas nicht.

Da war sogar einiges verkehrt gelaufen. Mochte die Beleuchtung für einen Club oder eine Bar auch stimmig sein, Suko gefiel sie in diesen Augenblicken überhaupt nicht. Es war einfach zu dunkel, um Einzelheiten erkennen zu können.

Deshalb beugte er sich weiter vor. Er hatte Glück, denn er sah den dunklen Fleck auf dem Nacken des Keepers, der sich immer mehr vergrößerte, weil er aus dem Körper Nachschub bekam.

Das war kein Fleck, das war Blut!

Suko saß zuerst stocksteif. Er hatte gedacht, in diesem Club durch nichts mehr überrascht werden zu können, nun aber sah alles anders aus. Da war praktisch unter seinen Augen etwas Schreckliches geschehen. Er konnte sich sogar vorstellen, daß dieser Mann nicht mehr lebte.

Wer war der Killer?

Die Alraune?

Wenn ja, dann mußte sich Suko den Vorwurf machen, nicht richtig aufgepaßt zu haben.

Etwas lenkte ihn wieder ab.

Diesmal war es eine Bewegung. Sie fiel ihm deshalb auf, weil die übrigen Gäste an der Bar alle ruhig auf ihren Hockern saßen und sich zur Tanzfläche hingedreht hatten.

Nur am anderen Ende der Bar nicht. Dort bewegte sich jemand, aber es war kein Gast, sondern der dunkelhäutige Keeper.

Suko rutschte vom Hocker.

Er wollte hin, und er bekam auch mit, wie Tommy den Arm hob und ihn dann nach unten sausen ließ.

Noch im selben Augenblick erklang ein wahnsinniger Schrei!

Mein Gott, ich hätte es nicht für möglich gehalten, von einer tänzerischen Darbietung dermaßen fasziniert werden zu können. Was Maria ihren Fans bot – und dazu zählte ich auch mich –, das war Weltspitze. Das war super, das war eine Schau. Es war sogar so gut, daß ich den eigentlichen Grund meines Hierseins, die Alraune, vergessen hatte. Maria tanzte nicht, sie schwebte. Sie schien sich dabei in ein überirdisches Wesen verwandelt zu haben, das eins geworden war mit den Melodien und dem Rhythmus.

Sie war wunderbar.

Sie lächelte trotz der Anstrengung der Bewegungen und trotz ihres seelischen Zustands. Was sie den Zuschauern da bot, war perfekt.

Heller Wahnsinn, eine rare Freude, etwas zum Jubeln, etwas zum Nachdenken darüber, zu welch künstlerischen Leistungen Menschen letztendlich doch fähig waren.

Es mochte sein, daß ich die Dinge zu subjektiv sah, aber diese Frau war wirklich einmalig.

Ich mußte mich schon sehr an die Kandare nehmen, um nicht von den eigentlichen Dingen abgelenkt zu werden. Meinen Platz hatte ich in der Nähe der Musiker gefunden, neben ihnen. Die Tanzfläche hatte ich in meinem unmittelbaren Blickfeld, und das war wichtig für mich, denn ich ging davon aus, daß diese Alraune, wenn überhaupt, auf der Tanzfläche angreifen würde, um sich durch diese Tat direkt ins Rampenlicht zu begeben.

Alles war möglich.

Der Tod, ein Mord und . . .

Etwas stimmte nicht.

Ich hatte den Eindruck, von einem kalten Hauch berührt zu werden. Oder war es mein Kreuz, das durch eine Reaktion das Zittern auf meiner Haut hinterlassen hatte?

Ich konnte es nicht genau sagen, drehte mich auch nicht um, sondern schielte zuerst nach links.

Dort war nichts.

Ich sah wohl die Musiker, die sich nicht stören ließen und ihren Part spielten.

Und rechts?

Da befand sich die Bar. Ich sah sie mehr schattenhaft und auch die Gäste, die dort standen.

Dafür hörte ich etwas.

Die Bewegung bekam ich ebenfalls aus dem Augenwinkel mit, bevor ein fürchterlicher Schrei alles andere übertönte . . .

Tommy Brown sah das Blut, es spritzte in die Höhe, denn er hatte den Eispickel gegen den Kopf geschlagen. Er schaute zu, wie der Mann von seinem Hocker rutschte und schwer zu Boden fiel.

Nach dem Treffer waren vielleicht drei Sekunden

vergangen. Jetzt lag der Glatzkopf auf dem Boden vor den Hockern. Er schrie nicht mehr, er wimmerte nur noch.

Tommy hielt die Waffe in der Hand. Er schaute sie nur für einen Moment an.

Er merkte nicht, wie die Musik verstummte, denn er wandte sich um und den anderen Gästen an der Bar zu. Seine Visionen hatten sich zum Teil erfüllt, aber eben nur zum Teil, und damit konnte und durfte er sich nicht zufriedengeben.

Deshalb hob er den Arm wieder.

Er schlug noch einmal zu.

Diesmal war es eine Frau, die er töten wollte. Sie hatte die Arme noch in die Höhe gerissen und ihr Gesicht damit schützen können. Der Eispickel erwischte ihren Unterarm und hinterließ dort eine tiefe Wunde, denn der Stoff hatte den Treffer kaum bremsen können.

Sie kippte vom Hocker.

Die anderen Gäste waren aufgesprungen, auch an den Tischen saß kaum jemand, und Tommy war in seinem Element. Er lachte wie noch nie in seinem Leben, er fühlte sich beschwingt, der Rausch hatte ihn erfaßt, und er wollte alles töten.

Wie ein Berserker schlug er um sich. Sein rechter Arm bewegte sich wie ein Dreschflegel. Keiner war mehr in seiner Nähe, noch rannte niemand zum Ausgang, plötzlich aber tauchte wie aus einem dünnen Nebelschleier hervor ein Gesicht auf.

Das Gesicht eines Chinesen!

Suko war da!

Der Schrei hatte alles verändert!

Nicht nur an der Bar selbst, sondern auch bei den übrigen Gästen, und natürlich auch bei den Musikern, und er hatte selbst die Bewegungen der Tänzerin gestoppt.

Der Club war zur Bühne für ein Drama geworden. Maria stand auf der runden Fläche, die Arme noch abgewinkelt und die Hände dabei leicht nach außen gedreht. So machte sie den Eindruck einer indischen Tempeltänzerin, die ihre nächste Bewegung vergessen hatte, aber auch nicht in die Ausgangsposition zurück wollte. Dem Gitarristen war das Instrument aus den Händen gerutscht. Vor seinen Füßen lag es.

Die anderen beiden Musiker wirkten ebenfalls wie Statuen. Völlig entsetzt und ohne Leben.

Ich hatte mich gedreht und zur Bar hingeschaut. Dort sah ich den dunkelhäutigen Tommy, der irgendeine Waffe in der Hand hielt, die ich nicht genau erkennen konnte.

Neben ihm fiel ein Mann blutüberströmt zu Boden. Das war genau der Punkt, als meine Lethargie wich. Ich hätte sicherlich schon früher gehandelt, aber ich war zu sehr auf den Tanz und auch auf das Wissen um die Alraune konzentriert gewesen, und so war ich etwas spät dran. Es kam alles anders.

Dieser Tommy war nur die Ouvertüre zum eigentlichen Stück gewesen, denn das folgte jetzt.

Zum Glück schaute ich noch auf die Tanzfläche. Im kalten Licht des Scheinwerfers war die kleine, nackte Frau mit den langen Haaren besonders deutlich zu sehen. Sie huschte in das Licht hinein wie eine schnell laufende Ratte, und sie hatte sich – ähnlich wie eine Weitspringerin – die Schrittfolge genau ausgerechnet.

Im exakt richtigen Augenblick stieß sich die Alraune ab. Mit einem mächtigen Sprung und mit ausgestreckten Armen jagte sie gegen die Kehle der Tänzerin.

Um Tommy konnte ich mich nicht kümmern.

Maria und die Alraune waren wichtiger . . .

Trotz des Erkennens und auch trotz der Warnung war der Inspektor von der Reaktion dieses Menschen überrascht worden. Er hatte damit nicht im Traum gerechnet, und er war auch von der Schnelligkeit, mit der das Grauen ablief, zuerst überfordert.

Deshalb erreichte er den Tatort so spät. Da lagen schon zwei Personen blutend auf dem Boden.

Ein Mann und eine Frau, wobei es den Mann härter erwischt hatte. Die anderen Gäste hatten zwar während der Tat auf ihren Plätzen gesessen, das war nun vorbei. Plötzlich waren sie in Bewegung geraten, keiner saß mehr, dafür liefen sie Suko in den Weg.

Er ging ziemlich rücksichtslos vor und schaufelte die Leute förmlich zur Seite.

Dann war er da.

»Tommy!« Er brüllte den Namen, als er vor ihm stand.

Der Keeper hatte seinen rechten Arm schon wieder zum Schlag erhoben. Suko sah, daß er mit einem langen Eispickel zugeschlagen hatte. Als Tommy seinen eigenen Namen hörte, zuckte er für einen Moment zusammen. Er hatte sich schon ein Opfer ausgesucht gehabt, ließ den Mann aber laufen, denn Suko stand sehr günstig.

Ob Polizist oder nicht, das war Tommy egal. Er wollte Blut sehen.

Die Säfte in seinem Innern hatten ihn in einen Rausch versetzt. Die magischen Alkine der Alraune beherrschten einen Menschen von Grund auf, das war auch bei Tommy der Fall.

»Weg damit!«

Er lachte nur und schlug zu.

Suko hatte damit gerechnet. Er wollte Tommy nicht töten und wehrte den Hieb mit bloßen Händen ab. Suko war ein ausgezeichneter Karatekämpfer, er beherrschte auch die Kunst des Kung Fu, und beides wendete er in bestimmten Situationen an.

Sein Tritt war schneller als der Schlag. Das Bein flog in die Höhe, als sollte es abgerissen werden. Der Fuß wuchtete mit seiner Spitze gegen den Unterarm des Farbigen, wobei der Treffer so hart geführt war, daß Tommy keine Chance blieb.

Er fiel zurück. Dabei drehte er sich und prallte gegen einen leeren Hocker. Den drückte er zurück bis an die Bar und blieb dort stehen. Er schnappte nach Luft. Suko brauchte nur in seine Augen zu sehen, um erkennen zu können, daß Tommy weitermachen würde.

Die magischen Alkine in seinem Innern putschten ihn auf. Sie waren schlimmer als LSD, sie sorgten für eine völlige Veränderung, er war kein Mensch mehr, er war eine reine Mordmaschine, die nur eines sehen wollte, das Blut der Menschen. Auch das des Bullen.

Nicht nur er wuchtete sich nach vorn. Mit der freien Hand packte er den Hocker und schleuderte ihn Suko ebenfalls entgegen.

Damit hatte der Inspektor nicht gerechnet. Er wich dem Hocker nicht ganz aus. Der Schlag an der Hüfte ließ sich ertragen, aber beim Fallen geriet der Hocker zwischen seine Beine.

Suko hatte zwangsläufig mit dem Gleichgewicht zu kämpfen und konnte sich auf seinen Gegner nicht so konzentrieren, wie es nötig gewesen wäre.

Das war für Tommy *die* Chance.

Suko hörte ihn schreien, als Tommy nach vorn flog, die rechte Hand zum Schlag erhoben, und dann raste der Arm mit ungeheurer Wucht nach unten.

Der Inspektor drehte sich noch zur Seite. Das hätte ein nicht trainierter Mensch in seiner Lage kaum geschafft, doch er war nicht schnell genug.

Der Eispickel schrammte noch an seinem linken Arm

entlang, zerfetzte die Jacke und das Hemd und riß eine Wunde.

Tommy schrie.

Suko hämmerte ihm die Faust in den Leib.

Der Keeper sackte zusammen. Er krümmte sich am Boden, während sich Suko von dem verdammten Hokker zwischen seinen Beinen befreite. Er wollte sich auf keine Experimente mehr einlassen und den Wahnsinnigen mit seinem Stab stoppen.

Es kam anders.

Tommy war schon wieder in die Höhe gesprungen, und plötzlich erschien hinter ihm ein Schatten. Der Schatten war einer der Gäste, ein kräftiger Mann, der sich einen Hocker geschnappt hatte und ihn laut aufschreiend nach unten schlug.

Er traf Tommy.

Der Farbige brach zusammen, er fiel Suko dabei noch entgegen, der sofort zugriff, den Kerl bis an die Bar zerrte, ihn dort mit einer Handschelle an den Handlauf band.

Das war erledigt.

Dachte er, aber in diesem Menschen steckte eine derartige Energie, die ihn sogar hatte den Treffer mit dem Hocker hinnehmen lassen. Er war nur benommen, und den Eispickel hielt er noch fest.

Suko hatte ihn mit der linken Hand angekettet. In der Rechten hielt Tommy den Pickel.

Zuschlagen konnte er damit nicht mehr, denn Suko umklammerte blitzartig das Gelenk und drehte den Arm hoch.

Tommy schrie, dann fiel die Mordwaffe zu Boden. Er schaute ihr aus ziemlich glasigen Augen nach. Suko wußte, daß er ihn nicht ausgeschaltet hatte, das war auch nicht wichtig. Er würde weder den Handlauf noch die Handschelle abreißen können.

In Tommys Nähe kommen durfte niemand, denn er zuckte in seiner Fessel und streckte immer wieder einen Arm aus, um in die Gesichter der entsetzten Gäste zu fassen.

Dabei schrie er und tobte, so daß die meisten Menschen von dem abgelenkt wurden, was auf der Tanzfläche passierte. Dort bahnte sich ein Drama an . . .

Mittelpunkt des Dramas waren drei Personen.

Die Tänzerin Maria, die Alraune und ich!

Die Alraune hatte es geschafft, Maria nicht nur anzuspringen, sie war auch an ihrem Kleid entlang blitzartig nach oben geklettert, und sie war verdammt schnell gewesen.

Maria war noch so in ihren Tanz vertieft gewesen, daß sie gar nicht richtig begriffen hatte, was sich abspielte und sie unmittelbar anging. Sie war in ihrer ungewöhnlichen Haltung erstarrt und bewegte sich erst, als die kleinen Krallen ihre nackte Haut berührten. Da schrak sie zusammen. Das Gesicht verlor die maskenhafte Starre, sie schaute in die Tiefe, und sie sah die Alraune.

Plötzlich hatte sie kein Gesicht mehr, höchstens eine Fratze. Sie starrte die kleine Frau an, deren lange Haare über Marias Haut strichen, als würde sie von einer weichen Feder berührt.

Der Hals war wichtig, auch der Mund des Opfers, und gleichzeitig öffnete die Alraune ihren Mund.

Dort hineinsehen konnte niemand, weil er zwischen den Lippen verstopft war, aber diese Verstopfung war plötzlich vorbei, als die lange, widerliche, dunkelrote Zunge hervorschoß, Marias Lippen hatte treffen wollen, sie aber verfehlte, weil es der Frau gelungen war, mit einer reflexhaften Bewegung den Kopf zu drehen.

So traf das stumpfe Ende ihre Wange, wurde zurückgezogen, und die Alraune zielte erneut.

Das war der Moment, in dem ich eingriff.

Plötzlich sah sich das kleine Monsterwesen mit einem zweiten Gegner konfrontiert, der nur Feind war und nicht Opfer.

Ich schnappte zu.

Ein herrlicher Griff, zielsicher und genau. Plötzlich spürte ich sie zwischen meinen Fingern, für einen Moment nur hielt ich sie fest, und ich merkte zum erstenmal, aus welch einem Material sie bestand. Sie mußte aus Holz sein, war hart an der Oberfläche, aber innen ungewöhnlich weich.

Ich riß die Alraune von Maria weg, die ins Taumeln geriet und starr auf die kleinen Wunden dicht unter ihrem Hals starrte. Dort nämlich hatte sich die Alraune festgeklammert.

Sie bewegte sich in meiner Hand. Sie kämpfte, sie schleuderte ihren Kopf hin und her, und plötzlich strahlte mir ihre Zunge entgegen. Ich war für den Augenblick überrascht. Um ihr auszuweichen, drehte ich den Kopf. Ohne es zu wollen, lockerte ich gleichzeitig den Griff, was die Alraune ausnutzte.

Sie drehte sich zwischen meinen Fingern hervor und ließ sich nach unten fallen.

Mit einem leisen Plopp landete sie auf dem Boden der Tanzfläche, warf sich sofort hin, rollte sich herum, kam wieder auf die Füße und huschte mit schnellen Bewegungen fort.

Das konnte und wollte ich nicht hinnehmen. Ich hatte die längeren Beine und war auch schneller.

Bevor sie in das Dunkel verschwinden konnte, hatte ich ausgeholt und sie mit einem Tritt erwischt. Hörte ich einen leisen Schrei, hörte ich ihn nicht?

Es war egal, jedenfalls wurde der kleine Körper in die

Höhe geschleudert, wo er sich überschlug und dann rücklings zuerst wieder nach unten fiel.

Er tickte noch einmal auf, prallte zurück, ich hörte den wütenden Schrei, aber die Alraune war nicht so verletzt, als daß sie aufgegeben hätte.

Sie machte weiter.

Noch war sie ziemlich weit von mir entfernt, und so konnte ich mich um Maria kümmern.

Sie hatte sich bis an den Rand der Tanzfläche zurückgezogen. Die Musiker hatten ihre Plätze nicht verlassen. Sie standen hinter ihr wie silhouettenhafte Leibwächter.

»Gehen Sie weg, Maria!«

»Nein, ich bleibe.«

»Gehen Sie!«

Ihre schlanke Hand zuckte vor. Ein Finger wies auf die Alraune. »Sie hat meinen Bruder auf dem Gewissen. Sie hat ihn nicht nur getötet, sie hat auch seine Leiche entehrt. Ich will sie tot sehen. Tot! Tot! Tot!«

Das konnte ich verstehen, aber die Alraune war gefährlich. Sie blieb nie auf einem Platz stehen, huschte von einer Seite zur anderen, als wäre sie damit beschäftigt, den günstigsten Ausgangspunkt für einen idealen Angriff zu finden.

Mir war es recht. So hatte ich die Zeit, nach dem Kreuz zu fassen. Ich zupfte es hervor, es hing außen vor meiner Brust. Die Alraune kümmerte sich nicht darum, und sie schaute beinahe gespannt zu, als ich meine Beretta zog.

Ich legte auf sie an.

Alraune blieb stehen.

Schieß doch, schieß doch! signalisierten mir ihre Augen. Los, du Feigling, tu es!

Blieb sie stehen? Zuckte sie zur Seite?

Es war für mich schwer, ihre Reaktionen im voraus

zu berechnen, und deshalb war es auch ebenso schwer, einen gezielten Schuß auf sie abzugeben, wobei ich nicht sicher sein konnte, ob das geweihte Silber sie auch zerstörte.

Was wußte ich denn, welche Kräfte tatsächlich in ihr steckten? Wer sie so erschafften hatte. Unter welchem Schutz stand sie? Oder war alles nur auf die wissenschaftlich-magischen Experimente eines gewissen Pietro Anzaro zurückzuführen?

Sie lief.

Und sie war schnell.

Plötzlich rannte sie auf den schwächeren Gegner zu, auf Maria, die aber nichts tat, um ihr auszuweichen. Sie blieb stehen und fauchte mich dabei an, nur nicht zu schießen. »Du hast Pietro getötet. Du hast meinen Bruder vernichtet – du, nur du!«

Die Alraune lachte und sprang.

Maria wollte nach ihr schnappen, mußte aber einsehen, daß die Aktion nur eine Finte gewesen war, denn im Sprung drehte die Alraune ab, und plötzlich hatte ich sie am Hals.

Das im wahrsten Sinne des Wortes, denn sie klammerte sich mit ihren kleinen Händen an meinem Kragen fest. Von dort aus war es nicht mehr weit bis zu meinem Hals.

Plötzlich schnellte mir die Zunge entgegen.

Zu meinem Pech stand mein Mund etwas offen. Die Zunge der Alraune berührte meine Lippen, schob sich in meinen Mund, wurde jedoch von den Zähnen gestoppt. Die Zunge verstärkte den Druck.

Ich war Realist und gab zu, daß ich diesem Druck nicht lange widerstehen konnte. So war es nur eine Frage der Zeit, bis die Zunge in meinen Mund eindrang und die Alraune ihr verdammtes Gift verspritzte.

Ich sah sie dicht vor mir.

Das Gesicht mit den dunklen Augen, den weit geöffneten Mund. In den Augen spiegelte sich auf einer Ebene ein Teil der Kraft wider, die sie einsetzte, um mich zu vernichten.

Sie war magisch geladen. Sie dachte nur an den Erfolg. Ich konnte nicht sprechen, so blieb das Kreuz ohne Aktivierung. Und ich hörte sie knurren wie ein Tier. Noch einmal verdoppelte sie ihre Bemühungen, ihre Zunge weiter in meinen Mund zu schieben.

Ich taumelte zurück. Mit der linken Hand hielt ich ihren Körper umschlungen. Unter den Fingern spürte ich ihre harten Brüste.

Ich hörte einen wilden Schrei.

Ausgestoßen hatte ihn Maria. Sie war in meine Nähe gekommen, sie hatte die Hände frei, und sie packte auch zu. Mit allen Fingern umklammerte sie den Körper der Alraune, um sie von meinem Gesicht wegzuzerren. Aber das Wesen verfügte über eine unwahrscheinliche Kraft. Sie hatte sich in meiner Kleidung nahezu festgehakt, und sie wollte auf keinen Fall loslassen. Der Kampf auf der Tanzfläche kam mir überlang vor, obwohl er sicherlich kaum länger als ein oder zwei Minuten gedauert hatte.

Aber auch Maria gab nicht auf.

Sie schrie dabei.

Sie kämpfte wie verrückt, und ich suchte mit meiner freien Hand nach dem Kreuz. Ich wollte es von der Brust weghaben und gegen den Körper der Alraune drücken.

Dazu kam ich nicht mehr.

Plötzlich war ich sie los.

Maria hatte es tatsächlich geschafft, dieses Wesen von meinem Gesicht wegzureißen. Die Zunge löste sich von meinen Zähnen und zwischen den Lippen weg mit einem schmatzenden Laut. Ich blieb beinahe auf der

Stelle stehen und taumelte nur um einen kleinen Schritt nach hinten.

Nicht so Maria.

Sie hatte den plötzlichen Ruck nicht mehr abfangen können, bewegte sich nach hinten, hatte dabei Glück, daß sie so gelenkig war, und als sie schließlich fiel, diesen Fall wunderbar abbremsen konnte.

Sie lag auf dem Rücken, hielt die Alraune fest und schrie, daß sie es gewesen war, die ihren Bruder Pietro getötet hatte.

Zahlreiche Zeugen schauten zu. Schon seit geraumer Zeit hatte sie das Geschehen auf der Tanzfläche in ihren Bann gezogen, aber niemand griff ein, und das war auch gut so.

Die Alraune war nicht zu vernichten. Sie wurde zwar gehalten, aber sie bewegte sich immer wieder so gut wie möglich im Griff der Tänzerin. Dabei schlug die Zunge von einer Seite zur anderen.

Ich wollte es jetzt mit dem Kreuz probieren, doch ein anderer kam mir zuvor – Suko.

Er hatte etwas von meinem Vorhaben bemerkt. Aus dem Hintergrund hörte ich seine Stimme. »Laß es, John!«

Dann war er selbst da!

Wie ein Irrwisch huschte er auf die Tanzfläche, und er hatte sich ebenfalls bewaffnet. Mit der rechten Hand hielt er die Dämonenpeitsche fest, deren drei Riemen bereits ausgefahren waren. Ich hatte seinen Warnschrei nicht vergessen und hielt mich zurück. Es war wohl am besten, wenn Suko seine Peitsche einsetzte, denn in ihr steckte eine gewaltige Kraft.

Die Tänzerin lag noch immer auf dem Rücken. Die Arme hielt sie dabei von sich gestreckt. Zwei Hände umklammerten die Puppe. Es war zu sehen, daß Maria den Killer ihres Bruders nicht mehr lange würde halten können. Die Arme wurden ihr durch die wilden Bewegungen der Puppe hin- und hergerissen. Da war es schon gut, daß Suko wie ein rächender Engel erschienen war.

Er hatte gestoppt.

Er ließ sich Zeit.

Die Puppe war groß genug, um sie zu treffen. Zudem beherrschte Suko seine Waffe. Er konnte dafür sorgen, daß die drei Riemen während des Schlags zusammenblieben oder auch auseinanderfächerten.

Hierbei mußte er sie zusammenhalten. Ich schaute zu, wie er ausholte, und es kam mir vor, als würde ich dies alles in einem zeitlupenhaften Tempo erleben.

Suko hatte den Arm nicht nur zurückgedrückt, er hielt ihn auch leicht gedreht, und er hatte zuvor einen nach unten hin zeigenden Halbkreis geschlagen.

Die Riemen lagen zusammen – und blieben auch zusammen, als er sie auf die Reise schickte.

Volltreffer!

Die Alraune bekam sie alle drei zu spüren. Sie hieben gegen die lange, gummiartige Zunge, sie hämmerten gegen ihren Körper, und hinter ihnen steckte eine derartige Wucht, daß auch die Tänzerin die Puppe nicht mehr festhalten konnte.

Der Aufprall wirbelte sie aus ihren Händen. Sie blieb im Kegel des Scheinwerfers, der jede unserer Bewegungen für die zahlreichen Zeugen genau nachgezeichnet hatte.

Viele Augenpaare schauten zu, wie die Alraune auf die glatte Fläche prallte und darüber hinwegrutschte. Sie drehte sich sogar noch und geriet an den Rand, wo sie, wieder für alle Augen sichtbar, nicht nur liegenblieb, sondern auch verging.

Sie bäumte sich noch einmal auf. Auch die Zunge zuckte. Aber sie glitt nicht mehr zurück in das Maul, denn dazu fehlte ihr einfach die Kraft. Sie hatte sich verändert und sah aus wie ein grauer, dicker Strumpf, der leer auf dem Boden lag.

Holzsplitter wirbelten durch die Luft. Die Haare waren längst abgefallen. Die Alraune verlor ihren Körper, zurück blieb der Kopf, aber auch der zerplatzte unter einem ungeheuren Druck, und eine staubige Masse verteilte sich auf der Tanzfläche.

Es gab sie nicht mehr.

Wir konnten aufatmen.

Suko zwinkerte mir zu. Ich war dabei, Maria auf die Beine zu helfen. Kaum stand sie auf den Füßen, als sie mich umarmte und ihren Kopf an meiner Schulter barg. »Pietro ist nun gerächt, nicht wahr?« flüsterte sie unter Tränen.

»Ja, das ist er.«

Das wahre Geheimnis des Pietro Anzaro und das der Alraune würden wir wohl nie herausfinden.

Von außen hörte ich die Sirenen der Ambulanz. Das wiederum erinnerte mich an Tommy, den Amokläufer, und ich wollte sehen, welchen Schaden er hinterlassen hatte.

Pepe war tot. Der Mann mit der Glatze und die verletzte Frau würden in ein Krankenhaus gebracht werden. Alle anderen waren mit dem Schrecken davongekommen, bis auf einen.

Tommy Brown hockte gefesselt an der Bar und weinte . . .

Eine Woche später saßen Maria, Suko und ich in einem spanischen Lokal zusammen. Die Tänzerin hatte ihren Bruder unter die Erde gebracht, sie erschien uns erleichtert, und sie hatte uns zu einem herrlichen Essen aus ihrer Heimat eingeladen.

Es wurde ein toller Abend und eine tolle Nacht, denn Maria Anzaro bewies mir, daß sie so prüde nicht war, wie es für manche den Anschein gehabt hatte . . .

ENDE

Band 73 162
John Sinclair
Gier nach Blut
Original-Ausgabe

Achtzig Jahre lag das Grauen in der Erde. Acht Jahrzehnte hatte Sarah Helen Roberts, die Blutfrau, auf ihre Rückkehr in die Welt der Lebenden gewartet, um den alten Racheschwur erfüllen zu können.
Und die Zeit war um!
Helfer erschienen. Sie holten die Untote aus der kalten Erde und schafften sie nach Europa.
Das genaue Ziel hieß London. In dieser Stadt wollte Sarah Helen Roberts ihre Gier nach Blut stillen . . .

BASTEI LÜBBE